SEM
LUTA
NÃO SE
VIVE

ALMIR GHIARONI

# SEM LUTA NÃO SE VIVE

GRYPHUS

RIO DE JANEIRO

© Almir Ghiaroni

Revisão
Ligia Pereira Pinto

Diagramação
Rejane Megale

Arte de capa
Escultura *Árvore da Vida*, de Patricia Secco

Finalização da capa
Rejane Megale

Adequado ao novo acordo ortográfico da língua portuguesa

CIP-BRASIL. CATALOGAÇÃO-NA-FONTE
SINDICATO NACIONAL DOS EDITORES DE LIVROS, RJ
....................................................................
G343s
    Ghiaroni, Almir
        Sem luta não se vive / Almir Ghiaroni. - 1. ed. - Rio de Janeiro : Gryphus, 2022
        133 p. ; 21 cm.
        ISBN 978-65-86061-48-2
        1. Ficção brasileira. I. Título.

22-79757                                                                                     CDD: 869.3
                                                                                             CDU: 82-3(81)
....................................................................

GRYPHUS EDITORA
Rua Major Rubens Vaz 456 – Gávea – 22470-070
Rio de Janeiro – RJ – Tel.: + 55 21 2533-2508
www.gryphus.com.br – e-mail: gryphus@gryphus.com.br

À minha mulher, Georgia,
e a meus filhos, Gabriela, Leonardo e Hugo.

Ao Prof. Helio Gracie (*in memoriam*),
meu mestre e meu amigo.

*Gostaria de deixar registrada minha gratidão
a Patricia Secco, pela capa do livro;
ao Prof. Arnaldo Niskier, pelo prefácio;
a Jorge Moll, pelo texto da orelha e
a Gisela Zincone, pela edição.*

*Agradeço, também, a todas as pessoas que,
direta ou indiretamente, me ajudaram a escrever*
Sem Luta Não Se Vive.

# Prefácio

O médico e escritor Almir Ghiaroni de Albuquerque e Silva é uma autêntica revelação literária. Formado em medicina pela Universidade Federal do Rio de Janeiro, tem mestrado em oftalmologia pela mesma instituição e doutorado pela Universidade Federal da São Paulo (Unifesp). Venceu o Prêmio Varilux por três vezes e, atualmente, coordena as sessões de oftalmologia do Centro de Estudos do Hospital Copa Star, no Rio de Janeiro.

Apesar das suas intensas atividades científicas, destina parte das suas horas de lazer à literatura, em que se destaca com uma nítida preferência por temas policiais. Segue um estilo que o aproxima de um outro médico famoso, o Dr. Garcia-Roza. Com rigoroso domínio da forma e da consistência no conteúdo, a narrativa apresenta a intimidade lírica própria dos literatos.

Autor que acredita na força da palavra e na potência da linguagem, a escrita de Ghiaroni guarda o culto da sabedoria e dos valores adquiridos. Os textos maduros dão-nos a boa medida do seu talento, exercidos com sensibilidade e competência.

Este livro é muito bem construído, com uma arquitetura que se inicia com um assalto no Leblon bem resolvido por Herculano, quando se justifica o título da obra. Há cenas de lavagem de dinheiro, infidelidade conjugal, budismo, milícia e sequestro, além da presença de "escravas", quando o desenrolar da história alcança o sexo. Garotas animam festinhas e, vez por outra, há referências ao Hospital Miguel Couto, uma citação ao sistema de saúde do Rio de Janeiro, com o complemento de uma ida providencial ao modelar Hospital Copa Star, depois de uma queda.

O autor não deixa de se referir ao uso de cocaína e a eventuais traições, no desenrolar da história. Há interrogações policiais, descobre-se que nem todos eram "gente séria" e é preciso lidar com isso.

Há uma biópsia que movimenta o hospital. Sempre com o uso da língua portuguesa de modo impecável. Isso agita as instalações e provoca alterações em sua medicação. Deve ser montado um *home care*. Mas, antes, há uma agressão inusitada e é preciso investigar a ocorrência. Assim, chegou a hora de fazer o retrato falado dos agressores.

A violência não conhece limites no Rio de Janeiro. O fenômeno é retratado em cores fortes no texto deste livro, numa prova de evidente atualidade. E as tramas que envolvem a polícia e os seus profissionais são exploradas de forma completa. Inclusive com a presença de um advogado criminalista, sempre necessário. Mas, no meio da história, surgem o agenciamento de garotas de programa e o indesculpável assassinato de uma cafetina.

"Ao se despedir, apertando a mão suada do advogado, Siqueira saiu do escritório desconfiado de que havia alguma coisa errada naquela história e decidido a investigar Olavo".

Há diversas lutas ao longo da trama:

"Enquanto Cidão tentava recuperar o fôlego, agarrou Bira pela cintura e, quando ele tentou acertá-lo com uma joelhada, conseguiu derrubá-lo com uma queda, usando o quadril como alavanca. Quando o corpo do motorista tocou o solo, Herculano já tinha encaixado uma chave de braço...".

Maurina foi agredida em uma festa com sexo e drogas. Havia grande chance de que Cesar Castellani estivesse envolvido.

No meio da confusão, surge a ideia de "apagar" um policial. O que foi considerado uma grossa bobagem. Se ainda fosse bandido... Matar policial é mexer em cada de marimbondo...

No combate a um assalto, a cena se completa no famoso Hospital Souza Aguiar. Como se pode ver, o autor percorre diversos hospitais, entre públicos e particulares. Num deles, a vítima vai parar na sala de cirurgia do pronto-socorro. Foram cinco horas de trabalho médico, para reparar a artéria pulmonar. A vítima só precisou de 48 horas de terapia intensiva. Uma verdadeira lição do que acontece, nesses casos, "quando se nasce de novo".

O livro registra ainda o trabalho de recuperação de Vitor. E termina com Djalma recordando fatos relevantes da sua existência. E ele tem um carma a cumprir: "Vocês querem agir como guerreiros, não é?".

O plano anterior, de apagar Siqueira e Herculano, está sendo desconsiderado. A impunidade costuma ser a regra no Brasil – e isso poderia prevalecer.

Herculano e Siqueira passaram a se encontrar na academia de jiu-jítsu que o policial frequentava para treinar. E se exercitavam juntos com o maior entusiasmo, como se nada de ruim tivesse acontecido com eles.

Mantendo intocada a vocação literária, o médico Ghiaroni alia erudição e firmeza em suas histórias. A tessitura narrativa desta obra é semeada com o zelo poético característico da sua trajetória, em que a trama é costurada, artesanalmente, com sintagmas que oferecem profundo conhecimento da alma humana.

Seu singular estilo encontra consistência no total domínio da semântica, permitindo a simplicidade com que se registra a incorporação do eterno ao contingente.

Finda a leitura, o arsenal simbólico que o autor põe em marcha nos convida a repensar, igualmente, na assertividade da escolha do título: *Sem luta não se vive*. Quem abandona a luta não poderá nunca saborear o gosto da vitória.

**Arnaldo Niskier**
Membro da Academia Brasileira de Letras
Professor Titular de História e Filosofia da Educação da UERJ

# Sem luta não se vive

*A vida é luta renhida: viver é lutar.*
*"Canção do Tamoio"*
*Gonçalves Dias*

Herculano Fagundes levou apenas alguns segundos para se dar conta do que estava acontecendo.

Do ônibus em que estava, sentado à janela, viu um homem forte, que devia ter quase um metro e oitenta, projetar o corpo para dentro do Mitsubishi preto, uma caminhonete 4 X 4, com insulfilm.

Achou aquilo esquisito, ainda mais porque eram oito horas da manhã.

Quando ele saiu andando, tendo em uma das mãos uma bolsa de mulher e, na outra, alguma coisa que escondia embaixo da camisa, não teve dúvida de que se tratava de um assalto.

Pediu ao motorista que parasse, saltou rapidamente e foi em direção ao carro, que permanecia no mesmo lugar.

Viu uma mulher jovem, ainda em estado de choque, abraçada com a filha.

Notou que a menina, que usava um uniforme colegial, estava apavorada com a cena que havia presenciado, o que o deixou ainda mais revoltado.

— Fique calma, moça. Vou pegar a sua bolsa.

Patrícia Magalhães ficou surpresa ao ouvir aquilo.

O tipo físico do homem que acabara de falar com ela não parecia ser de alguém em condições de enfrentar o ladrão que acabara de assaltá-la.

Apesar de ter uma boa estatura e ombros largos, aquele homem de 1,78 m, de rosto oval, cabelos fartos e olhar de menino não tinha um físico avantajado mas, com baixo percentual de gordura no corpo, era praticamente só músculos.

– *Será que ele está armado?* – pensou Patrícia.

Herculano continuou pela avenida Visconde de Albuquerque em direção à praia e, alguns instantes depois, alcançou o assaltante, que caminhava tranquilamente, como se nada tivesse acontecido.

O tapa na altura da orelha tirou completamente o equilíbrio do ladrão.

Quando o homem caiu, Herculano já estava montado nele e tinha encaixado um estrangulamento, usando a gola da camisa do assaltante.

Pego de surpresa, bastaram alguns instantes de pressão para que ele desmaiasse sem oferecer grande resistência.

Herculano pegou a bolsa de Patrícia e a faca usada no assalto.

Jogou a arma dentro do canal e voltou ao carro da moça, que ainda aparentava estar bastante transtornada.

Toda a ação, do assalto à recuperação da bolsa, levou apenas alguns minutos.

– Pega a sua bolsa – disse ele.

Patrícia olhava-o ainda surpresa.

– Pode ir embora. Leva a sua menina para casa.

– Como é o seu nome?

– Herculano.

– Quero agradecer o que você fez por mim.

– Não tem nada que agradecer, moça. Não gosto de ladrão. Ainda mais de ladrão covarde, que ataca mulher e criança.

– Faz o seguinte, me dá o teu celular. Fala o número, que eu vou deixar gravado no meu.

Patrícia anotou o número de Herculano e disse que, em breve, ele teria notícias dela.

Deu a partida no carro e resolveu voltar para casa. Patrícia decidiu que seria melhor não levar Natália ao colégio. A menina estava assustada demais depois de ver a própria mãe sendo ameaçada.

Herculano encaminhou-se ao ponto de ônibus mais próximo. Naquele dia, tinha ficado de chegar às nove horas no trabalho. No caminho, pensou se não deveria ter levado o assaltante até um posto policial.

– Não gosto de me meter com polícia.

Depois, pensou se não deveria ter dado umas porradas no cara, de modo a deixar umas recordações para ele não se animar a praticar outros roubos.

– Sempre gostei de finalizar.

Era verdade.

Na sua curta carreira de lutador profissional, Herculano nunca fora de bater.

Preferia as finalizações.

Gostava de atacar o oponente pela direita e, conforme a chance que aparecesse, optava pela chave de braço ou pelo estrangulamento.

Conservava viva em sua lembrança a luta realizada no Japão, em 2002, em que o brasileiro Rodrigo Minotauro derrotara Bob Sapp, um gigante de 1,91 m que pesava 171 quilos.

Depois de ser duramente castigado no primeiro *round*, chegando a ser arremessado de cabeça contra o chão, Minotauro só conseguiu resistir graças a uma capacidade sobre-humana de absorver os golpes.

Mas, no final do segundo *round*, o brasileiro aproveitou o cansaço e a distração de Sapp e encaixou uma chave de braço perfeita que fez o americano bater em desistência.

No dia seguinte à luta, no voo de volta para o Brasil, foi cumprimentado pessoalmente pelo grande mestre Hélio Gracie, que lhe deu os parabéns e lhe disse que a sua vitória representava o triunfo do mais puro jiu-jítsu.

No entanto, na grande chance que teve de lutar em um torneio de MMA em Fortaleza, que seria decisivo para se firmar como lutador profissional, Herculano foi nocauteado após um chute que lhe causou um descolamento da retina no olho esquerdo, reduzindo sua acuidade visual para 20% nesse olho.

Chegou a participar de mais duas lutas depois do problema ocular, mas sua carreira não vingou.

Passou um tempo ensinando defesa pessoal, mas a vinda para o Rio de Janeiro fez com que sua vida mudasse bastante, e ele acabou trabalhando como motorista na casa de uma família que morava na Gávea.

Paulo Matos era alto funcionário de uma multinacional que lidava com construção, máquinas pesadas e equipamentos agrícolas. Sua mulher, Eliane, era pediatra. O casal tinha dois filhos, Ana Clara e Pedro, aos quais Herculano se afeiçoara bastante durante os seis anos de convivência.

Quando chegou à casa deles, já tinha esquecido o assalto.

༄

Patrícia dirigiu-se para a casa dos pais, localizada em um condomínio privilegiado no Leblon, entre o morro Dois Irmãos e a avenida Visconde de Albuquerque.

Nesse local, onde a segurança é reforçada, os moradores podem se dar ao luxo de circular com os vidros dos carros abertos e fazer suas caminhadas matinais sem medo de serem assaltados.

Filha única, não queria que seu pai, Antônio Magalhães, ficasse sabendo o que tinha acontecido, já que ele próprio sofrera um sequestro há alguns anos e ficara traumatizado.

Antônio ainda fazia tratamento psiquiátrico e, volta e meia, tinha pesadelos que lhe faziam reviver os horrores do cativeiro, onde chegou a passar dias dentro de uma fossa, ao ar livre, sujeito às intempéries e à companhia de ratos.

Esse inferno durou quase um mês.

Exatamente nesse dia, Antônio estava atrasado para o trabalho e presenciou a chegada da filha e da neta, apavoradas.

Patrícia não teve como esconder o que tinha acontecido e foi tomada por uma violenta crise de choro.

Natália permanecia em estado de choque, sem esboçar nenhuma emoção.

Sua mãe, Angélica, procurou acalmá-la, mas, na verdade, ao se dar conta de que a filha e a neta não tinham sido agredidas fisicamente, passou a se preocupar mais com o marido que, desde o sequestro, ficara traumatizado com qualquer ato de violência que pudesse atingir alguém próximo a ele.

Patrícia falou da tentativa de assalto e da intervenção de Herculano, que lhe devolveu a bolsa que havia sido roubada.

Antônio ficou impressionado com o que ouviu e pensou que o tal homem, que apareceu do nada, merecia uma recompensa.

∽

Naquele mesmo dia, quando voltava para casa às 20 horas, Herculano recebeu uma chamada no celular.

Antônio identificou-se como o pai da moça que havia sido assaltada.

Pediu que ele o procurasse na semana seguinte, quando já teria voltado de São Paulo, onde iria resolver alguns negócios, e marcou um encontro no seu escritório, em uma rua movimentada do Leblon.

Depois de desligar, Herculano se lembrou do assalto e sua memória voltou ao tempo de quando ainda era jovem, e ficava fascinado com os filmes de Jean-Claude Van Damme.

Esse fascínio fez com que ele procurasse uma academia para começar a aprender artes marciais, mas só encontrou uma a vinte quilômetros da cidade onde morava.

Foi assim que, por falta de opção, começou a aprender jiu-jítsu, que não lhe ensinava nada parecido com os chutes cinematográficos de Van Damme, mas que acabou sendo a arte marcial à qual se dedicou com mais afinco, por considerá-la muito superior a qualquer outra.

Fazia o percurso de ida e volta três vezes por semana de ônibus e trabalhava como mecânico o restante do tempo.

Voltaram à sua mente as recordações da resistência de seu pai, que não entendia alguém *pagar para apanhar* e a preocupação de sua mãe de que pudesse se machucar.

Quando seu professor o convidou para participar de um vale-tudo em Mossoró, aceitou prontamente.

Tinha dezoito anos de idade e venceu um adversário de vinte e cinco.

A luta foi realizada em um galpão abandonado.

Ficou tão feliz com o dinheiro da bolsa que, a partir daquele momento, decidiu tornar-se lutador profissional.

Entretanto, as coisas não saíram conforme ele planejara e sua vida acabou tomando outro rumo.

Ainda que tivesse abandonado o sonho de lutar profissionalmente, quem sabe, um dia, não poderia ter sua própria academia? Não precisava ser muito grande, mas que lhe permitisse fazer o que mais gostava: lutar.

Agora estava casado e Altina, sua mulher, estava grávida. Precisava garantir o sustento da família.

Devido ao filho que ia nascer, tiveram que fazer uma pequena reforma no apartamento que haviam financiado em São Cristóvão e estavam vivendo uma fase de apertar o cinto.

Ao chegar em casa, encontrou a mulher chorando.

Acabara de receber uma ligação não identificada no celular dizendo que Maurina, sua irmã, tinha dado entrada no Hospital Miguel Couto.

Quando ela ia perguntar o que havia acontecido, a ligação foi encerrada.

A voz era de mulher.

Herculano telefonou para o hospital e confirmou que a sua cunhada estava na emergência.

Enquanto se dirigia ao pronto-socorro, pensava como duas irmãs podiam ser tão diferentes.

Gêmeas idênticas, tinham a beleza da mulher brasileira: rosto redondo, cabelos escuros compridos, olhos castanhos amendoados e um sorriso que deixava à mostra dentes brancos e bem cuidados.

Mas se Altina era companheira, devotada a ele e tinha um interesse verdadeiro em formar uma família, sua cunhada agia de forma diferente.

Não conseguia namorar ninguém por muito tempo, geralmente se envolvia com uns caras que não pareciam ser boa coisa e, ultimamente, vinha se vestindo com roupas muito decotadas e curtas.

Na última vez em que almoçou na casa deles, em um domingo, chegou a desconfiar de que a cunhada, após alguns copos de cerveja, começou a lançar alguns olhares compridos em sua direção, e não gostou nada daquilo.

Também achou estranho quando soube que ela estava morando com uma amiga que eles não conheciam, em Copacabana.

Ao chegar ao hospital, foi informado de que Maurina estava sendo submetida a uma neurocirurgia para drenar um hematoma cerebral resultante do traumatismo craniano que sofrera.

Não havia nada a fazer. Só esperar. E rezar.

Telefonou para Altina e disse que iria ficar no hospital até que a cirurgia terminasse.

Ela achou melhor não contar nada à mãe para não preocupá-la.

Dona Sebastiana, conhecida na vizinhança como dona Siana, embora estivesse com sessenta e cinco anos de idade, aparentava mais. Com 1,60 m de altura, era magra e tinha uma postura curvada. Morava em Marechal Hermes e vivia às voltas com problemas de saúde. Tinha pressão alta e era diabética.

Ficara viúva aos quarenta anos de idade e conseguiu criar as filhas gêmeas com muito esforço, trabalhando como costureira no ateliê de uma estilista especializada em confeccionar vestidos de noiva.

Nenhuma delas cursou faculdade, mas ambas chegaram a completar o ensino médio.

∾

Somente às seis horas da manhã, recebeu a informação de que a cirurgia tinha terminado e que Maurina tinha ido para o CTI, onde não poderia receber visitas.

Chegando à casa, encontrou a mulher com cara de que não tinha dormido à noite e lhe deu notícias da irmã.

Ela decidiu que iria ao hospital à tarde para tentar visitá-la, valendo-se do fato de ser parente.

Herculano lhe contou que um dos policiais de plantão disse a ele que, logo que possível, Maurina teria que prestar depoimento, já que tudo indicava ter sido violentamente agredida. Além disso, seria submetida a exame pericial e toxicológico.

– Você acha que ela foi assaltada?
– A bolsa dela está guardada no hospital, mas não sei se levaram o dinheiro.
– Disseram quem deixou ela na emergência?
– Parece que foi uma mulher, que ficou de voltar depois de estacionar o carro, mas sumiu.
– E anotaram a placa do carro?
– Não que eu saiba.
– *O que será que aconteceu com ela, meu Deus?* – pensou Altina, mordendo o lábio.

∾

Herculano saltou do ônibus na rua General San Martin.
Era a primeira terça-feira de dezembro e fazia calor.
Caminhou até a rua Dias Ferreira e parou diante do prédio com fachada de mármore e vidros fumê, onde o escritório de Antônio Magalhães ocupava um andar inteiro.
Além de ser fotografado, teve que deixar sua carteira de identidade na portaria do prédio.
Entrou no elevador espelhado e notou que seus cabelos estavam rareando na parte posterior da cabeça.
*Será que eu vou ficar careca?*
Assim que a porta do elevador se abriu, já havia uma recepcionista esperando por ele.
Herculano foi conduzido através de um longo corredor acarpetado, com quadros nas paredes de ambos os lados, antes de chegar à sala de Antônio.

Deparou-se com um homem de setenta anos, de estatura mediana, com cabelos brancos bem aparados, boca taciturna, curvada para baixo e olhar triste.

Ao vê-lo, Antônio pousou os óculos de perto sobre a mesa e foi ao encontro dele.

– Então, você é o rapaz que ajudou a minha filha. Muito prazer.

– Muito prazer, doutor.

Antônio fez sinal para que ele se acomodasse em uma poltrona e sentou-se à sua frente.

– Além de ser muito grato, fiquei impressionado com o que você fez.

Herculano olhava-o fixamente.

– Você demonstrou grande coragem e outra qualidade que anda muito rara hoje em dia: solidariedade.

– Não gosto de covardia, doutor. Ainda mais com mulher e criança.

Antônio pediu que ele falasse um pouco da sua vida.

Herculano lhe contou que era natural do Rio Grande do Norte, que começou a vida trabalhando como mecânico, tentou ser lutador profissional, mas as coisas não saíram conforme ele esperava e acabou trabalhando como motorista.

– A vida raramente sai como a gente planeja. – disse Antônio, como se estivesse pensando alto.

Herculano assentiu.

–– Você está satisfeito com o seu emprego? Se quiser, posso dar um jeito de você vir trabalhar comigo.

– Agradecido, doutor, mas estou bem. Gosto das pessoas para quem trabalho.

– Tudo bem. Mas a oferta continua de pé.

Antônio abriu uma das gavetas de sua mesa, tirou um envelope contendo cinco mil reais em notas de cem e o entregou a Herculano.

Constrangido, Herculano aceitou o presente.
Antônio notou o desconforto dele e disse:
– Você fez por merecer.
Herculano esboçou um sorriso.
– E te digo mais. Você ganhou um amigo. Se precisar, me procure.
Herculano passou a mão nos cabelos e disse:
– Vou lhe dizer uma coisa, doutor.
Antônio ouvia-o com atenção.
– Está certo que eu acudi sua filha mas, no meu pensamento, acho que todo mundo devia agir assim. Tem muito vagabundo solto por aí.
– Eu sei. E o pior é que a gente se acostumou a viver com medo. Parece que a nossa sociedade, de uma maneira geral, optou pela violência.

O copeiro trouxe uma xícara de café e um copo de água para eles.

Enquanto mexia o café, depois de adoçá-lo com sucralose, Antônio se distraiu com o pequeno redemoinho criado pela colher.

Nesse momento, teve um *flash* de quando estava no cativeiro e enfrentou momentos de angústia, chegando a perder a esperança de ver aquele pesadelo terminar.

*Seria bom se tivesse aparecido um Herculano para me livrar daquele inferno.*

Quando os dois homens se despediram, Antônio pediu que Herculano passasse no Departamento de Pessoal para fazer seu cadastro. Parecia pressentir que eles voltariam a se encontrar.

Herculano foi recebido por uma moça simpática que colheu seus dados pessoais e profissionais.

Ao preencher a ficha cadastral, de vez em quando, olhava para ela e notava a tristeza que havia no seu olhar.

Antes de ir embora, teve vontade de perguntar se ela precisava de ajuda, mas sentiu que poderia ser mal interpretado.

*Não dá para ajudar todo mundo. Cada um tem a sua cruz.*

Enquanto aguardava o elevador, veio à sua lembrança a figura do avô, o seu Fagundes, como era conhecido no sertão do Rio Grande do Norte.

Homem calejado, que trazia no rosto as marcas das dificuldades que fora obrigado a enfrentar ao longo da vida, gostava de ficar olhando para o horizonte ao cair da tarde, pitando um cigarrinho de palha que ele mesmo preparava com suas mãos enrugadas, que pareciam de papel.

Não foram poucas as vezes em que Herculano testemunhou esses momentos e, ainda garoto, se perguntava no que o avô estaria pensando.

Seu Fagundes ficava tão entretido naqueles momentos que, aos olhos de Herculano, era como se o horizonte também olhasse para ele.

Quando o velho sentia a presença do neto a seu lado, pousava os olhos nele e dizia, com seu sotaque carregado:

– É, seu moço. Sem luta não se *véve*.

Sem luta não se vive.

Talvez tenha sido o primeiro grande ensinamento que ele recebeu.

De vez em quando, ao se preparar para sair de casa, Herculano se lembrava do avô e se dava conta de que uma nova luta o aguardava. E, algumas vezes, percebeu que os adversários mais difíceis o espreitavam fora do ringue.

༺ ༻

Naquela mesma noite, durante o jantar, Antônio comentou com Angélica que tinha ficado bem impressionado com o rapaz que socorrera Patrícia.

– Ele tem um jeito meio bronco, mas passa uma coisa boa através do olhar. E te digo mais: não é burro.

Angélica assentiu.

– Ele deve ser uma dessas pessoas que tem uma inteligência que não depende de escolaridade.

– Pode ser.

– Como é bom estar com pessoas que nos passam confiança.

Ao ouvir isso, Angélica coçou o pulso esquerdo com a mão direita, gesto que fazia quando ficava apreensiva.

Angélica não aparentava os sessenta e três anos de idade que tinha. Possuía uma elegância natural e ainda conservava formas bastante femininas. Tinha olhos cor de mel e usava os cabelos castanhos curtos, que lhe davam um ar mais jovial.

Sabia que o marido se referia ao genro.

Patrícia se casara com Cesar Castellani havia doze anos.

Tinham duas filhas, Clara, de oito anos, e Natália, de seis.

Sócio majoritário de uma corretora de valores, Cesar foi um desses jovens que, antes dos trinta anos de idade, já havia ganho muito dinheiro no mercado de ações.

Alto, louro, com olhos azuis e dono de um físico atlético que ainda se esforçava para manter aos quarenta e dois anos de idade, no início do casamento parecia o genro ideal, ainda mais levando em conta que Patrícia se apaixonara por ele e parecia ser correspondida.

Mas as coisas não correram conforme se esperava.

Cesar envolveu-se em algumas falcatruas que, além de tê-lo obrigado a fechar sua corretora, quase lhe custaram alguns anos de cadeia, já que teve que responder a um processo criminal por lavagem de dinheiro.

Graças a amigos que lhe deviam favores, acabou trabalhando em uma empresa multinacional ligada a importações e exportações e tinha um bom salário, mas, se não fosse pela mesada que Patrícia recebia de Antônio, não poderiam manter o padrão de vida ao qual estavam habituados.

No plano pessoal, começou a ter problemas quando sua mulher descobriu algumas de suas habituais infidelidades conjugais e isso motivou brigas que começaram a se tornar mais frequentes.

Angélica notava que, mesmo magoada com as traições de Cesar, a filha não se queixava dele e nunca falava em deixá-lo.

Patrícia era uma mulher bonita, de trinta e quatro anos. Usava os cabelos castanhos lisos quase sempre presos em um rabo de cavalo, que valorizavam seu rosto de feições suaves. Mais alta que Angélica, tinha um belo corpo, pernas longas e uma boa postura, herança de muitos anos de dedicação ao balé e à dança de uma maneira geral.

Embora a filha não se abrisse com ela, Angélica tinha certeza de que havia, ainda, um elo muito forte entre eles e que isso acabava segurando o casamento.

Seria o envolvimento sexual?

Fã de Charles Aznavour, que diz em uma de suas canções "que nada substitui os momentos felizes que eu vivo em seus braços", achava possível que a razão fosse essa.

*rien ne remplace les instants de bonheur que je prends dans tes bras*

Até porque, deixando de lado algumas paixonites da adolescência, Angélica nunca viu a filha verdadeiramente interessada em ninguém. Pelo contrário, ela é que costumava despertar paixões.

Na sua lista de antigos pretendentes figuravam um médico, que estava atualmente nos Estados Unidos, um advogado que acabara de se tornar sócio de um dos maiores escritórios de Direito Internacional do Rio de Janeiro e até mesmo um primo, filho de sua irmã mais velha.

Volta e meia, Angélica se lembrava do mal-estar que se instalou na família quando Júlio se declarou para Patrícia, mesmo sendo primo dela.

Pega de surpresa, Patrícia nem admitiu levar sua proposta a sério, mas esse episódio acabou afastando as duas irmãs, ainda mais depois que Maria Luiza, mãe de Júlio, foi morar em Curitiba.

Angélica sabia que a filha não era feliz e, de certa maneira, se conformava com o fato de não poder ajudá-la. Sabia que Patrícia teria que encontrar forças próprias para sair da situação que estava vivendo, mas não via nela um desejo genuíno de mudança. Pelo menos, não naquele momento.

Mulher de fé, criada na religião católica, mas com grande sintonia com o budismo, que vinha aumentando nos últimos anos, principalmente após o sequestro de Antônio, gostava muito de um trecho do Vedanta, que trazia sempre na memória:

*O que for a profundeza do teu ser, assim será o teu desejo*
*O que for o teu desejo, assim será a tua vontade*
*O que for a tua vontade, assim serão os teus atos*
*O que forem os teus atos, assim será o teu destino*

Restava a ela rezar para que o destino de Patrícia mudasse e, quando o momento chegasse, ela estaria lá para ajudá-la.

Na semana seguinte, quando Herculano deixou seu patrão no escritório da firma em que trabalhava, na Barra da Tijuca, o doutor Paulo disse-lhe que tinha um assunto a tratar com ele no final do dia.

Combinaram que Herculano ficaria à sua espera em casa, quando trouxesse a doutora Elaine do consultório.

No caminho de volta para a Gávea, recebeu uma chamada de Altina.

Ela havia sido informada de que Maurina tinha saído da UTI, onde se recuperava da cirurgia e estava na enfermaria.

Herculano lhe disse que fosse visitá-la, mas que não poderia acompanhá-la porque o dia estava cheio de coisas a fazer e ele chegaria à casa um pouco mais tarde, porque tinha ficado de conversar com o patrão.

Altina perguntou se ele sabia o motivo da conversa, mas ele não fazia a menor ideia.

– *Tomara que não seja nada demais* – pensou ela.

༄

No caminho para casa, Herculano notou que a patroa estava com os olhos vermelhos e as pálpebras inchadas, como se tivesse chorado.

Normalmente, a doutora Elaine era falante e gostava de conversar. Tinha sempre um caso de algum paciente para contar e gostava de saber a opinião dele sobre o trânsito, sobre a segurança nas ruas e sobre política.

Herculano teve um pressentimento de que a expressão dela poderia estar relacionada com o assunto que o dr. Paulo tinha para tratar com ele.

E a sua intuição, mais uma vez, não o decepcionou.

Durante a conversa que tiveram, o Dr. Paulo disse-lhe que a família teria que se mudar para São Paulo, onde ele iria assumir a presidência da sucursal da firma em que trabalhava.

Herculano percebeu que ele falava da mudança com grande entusiasmo, provavelmente por ser uma dessas oportunidades que a pessoa só tem uma vez na vida. Entretanto, era evidente que esse sentimento não era partilhado pela Dra. Elaine nem pelas crianças.

E, mais uma vez, ouviu a voz do seu Fagundes:

– *Sem luta não se véve.*

Pensou na Dra. Elaine, que teria que se afastar dos pacientes dos quais falava com tanto carinho e na Ana Clara e no Pedro, que teriam que se adaptar a uma nova casa, um novo colégio, a novos amigos...

Herculano ouviu do patrão que ele continuaria recebendo seu salário regularmente e que, uma vez que a mudança para São Paulo se consumasse, ele poderia ajudá-lo a encontrar um novo emprego com alguém da firma onde trabalhava ou com algum amigo dele.

Ao ouvir isso, Herculano coçou a cabeça, demonstrando certa preocupação.

Embora gostasse daquela família, não se imaginava trabalhando para nenhum dos amigos do casal Matos.

Talvez pela ascensão social e profissional recente do Dr. Paulo, eles passaram a se relacionar com uma gente esnobe, dessas que parecem respirar um ar diferente das outras pessoas.

– *Não topo gente metida a besta.*

Nesse momento, lembrou-se de Antônio Magalhães.

Talvez o fato de ter ajudado a filha dele tivesse sido um novo caminho que a vida estava lhe oferecendo.

Ao voltar para casa, Altina lhe disse que havia um recado de um tal inspetor Siqueira, da 14ª Delegacia Policial, no Leblon, pedindo que ele o procurasse no dia seguinte.

– *Deve ser por causa da Maurina.*

Herculano contou a Altina sobre a conversa que o dr. Paulo teve com ele, falando da mudança da família para São Paulo e disse a ela que iria falar com o pai da moça que havia ajudado e que já lhe havia oferecido emprego.

Sua mulher, que havia herdado a resignação e a fé na vida de dona Siana, disse:

— Tenho certeza de que tudo vai mudar para melhor.

Herculano sorriu, abraçou a mulher e lembrou-se de um ditado que a Dra. Elaine gostava de repetir:

"A gente tem que esperar o melhor, preparar-se para o pior e aceitar o que vier."

— *Só o tempo vai dizer.*

༄

O inspetor Alberto Siqueira era um homem branco de cerca de quarenta e cinco anos, cabeça raspada, ombros taurinos, olhos espertos e atentos. Seus gestos eram precisos e seguros. À primeira vista, parecia ser alguém experiente e decidido, capaz de se virar sozinho diante de uma situação de perigo.

Siqueira atirava bem e sempre levava consigo uma pistola Taurus .40, com uma bala na agulha e 19 no pente. Tinha plena consciência de que, qualquer situação de perigo que não conseguisse resolver com, no máximo, cinco tiros, estaria fora de controle.

Após convidar Herculano a se sentar, foi logo direto ao assunto: queria saber se ele tinha alguma informação que pudesse esclarecer o que havia acontecido com Maurina e quem fora o responsável pela agressão brutal que ela sofrera.

Herculano respondeu que, nos últimos tempos, não tinha muita proximidade com a cunhada, que dizia estar trabalhando em uma confecção e morando com uma amiga em Copacabana.

O inspetor perguntou se ele conhecia a tal amiga com quem ela dividia o apartamento.

Ele respondeu que não, mas disse ao policial que a sua sogra poderia saber de alguma coisa e deixou o telefone e passou para ele o endereço de dona Siana.

Antes de sair, Herculano notou que havia, sobre a mesa de Siqueira, um escudo de uma academia de artes marciais mistas localizada na Tijuca e imaginou que o policial deveria frequentá-la.

Perguntou se ele era praticante e Siqueira disse que frequentava a academia aos sábados, só para "tirar a poeira".

Herculano lhe falou da sua paixão pelas artes marciais de uma maneira geral.

Siqueira deu a Herculano seu cartão pessoal e disse que, independentemente da questão de esclarecer o que havia acontecido com Maurina, que ele desse um pulo na academia um sábado para conhecer e, se ele se animasse, poderia até dar um treino.

Herculano gostou da ideia.

∽

Na semana seguinte, em uma quinta-feira nublada, Cesar saiu de casa às 10h30.

Naquele dia, resolveu dispensar o motorista.

Tinha dito a Patrícia que iria a São Paulo para uma reunião importante e que só voltaria à noite.

Passou no escritório, que funcionava em um edifício comercial na Praia de Botafogo para resolver algumas coisas e às 13 horas chegou à casa cinematográfica onde o aguardava Olavo Fontes, advogado criminalista com grande experiência em livrar da cadeia criminosos de vários tipos.

A mansão, localizada na estrada do Joá, pertencia a um cliente de Olavo, influente empresário paulista com ligações com o crime organizado, e era usada apenas para jogos de pôquer e festas regadas a bebidas, mulheres e drogas.

Homem de quase sessenta anos, de estatura mediana, calvo, obeso, pletórico e com olhos saltados, Olavo recebeu Cesar calorosamente.

Afinal, tinha sido ele o primeiro a chegar para a reunião daquela tarde quando, após um almoço regado a bons vinhos, eles teriam a companhia de garotas de programa vindas de fora do Rio, especialmente para a ocasião.

Faltavam chegar Tobias Mahler, empresário alemão radicado no Rio de Janeiro há mais de vinte anos, Jardel Martins, político com reduto eleitoral na Baixada Fluminense e Ramiro Lima, médico, que ganhou muito dinheiro abrindo uma rede de clínicas de exames complementares em vários subúrbios do Rio.

Esse grupo reunia-se para essas festinhas com certa frequência.

Tudo sempre corria bem.

Combinaram que o que ocorrera na última vez não se repetiria.

Completamente transtornados após terem bebido muito e sob o efeito de cocaína, Olavo e Cesar se desentenderam com uma das moças contratadas para satisfazê-los e a agrediram violentamente.

Fazia parte da tradição da confraria, ou *Irmandade*, conforme eles gostavam de ser chamados, ter sempre uma garota a mais para desempenhar o papel de "escrava".

Esse papel incluía concordar com qualquer prática sexual que fosse exigida, que poderia significar ter relações com outra mulher ou com dois irmãos simultaneamente.

No infeliz episódio ocorrido recentemente, coube a Maurina essa tarefa.

O que motivou a agressão foi o fato de ter recusado receber Olavo na cama que dividia com Cesar.

Na verdade, ela jamais poderia imaginar que algo assim iria acontecer.

Ela já havia feito alguns programas agenciados pela proprietária da confecção em que trabalhava.

Anete Rodrigues, depois de ficar viúva aos cinquenta e oito anos de idade e tendo que se preocupar com questões financeiras, já que o marido só havia deixado para ela o apartamento de sala e dois quartos em Botafogo, passou a propor às moças que trabalhavam com ela essa nova possibilidade de ganhar um dinheirinho a mais.

E a maioria delas topava.

Ganhar em dois ou três programas muito mais do que ganhavam ao final de um mês de trabalho era bastante tentador.

Maurina estava animada com essa nova fase da sua vida e, quando Anete disse que nessa festinha ganharia o triplo do que tinha recebido nas vezes anteriores, ainda por cima se tratando de gente "da melhor qualidade", não havia por que recusar.

Pelo contrário.

Talvez um desses coroas ricos pudesse se agradar dela e lhe fazer uma proposta de exclusividade.

Se isso acontecesse, nem precisaria mais trabalhar.

Aí, sim, ia ter vida boa.

Mas essa possibilidade lhe escapou no momento em que sentiu a aproximação de Olavo.

Ao ver aquele homem disforme, suado, drogado, cheirando a charuto e a álcool, não conseguiu reprimir a sensação de asco.

Olavo descarregou nela a raiva que tinha pela própria aparência e Cesar bateu nela, simplesmente, porque a chance apareceu.

Na sua maneira de ver as coisas, não havia nada demais em dar uns tapas em uma vagabunda.

Pelo contrário, a sensação de poder que a experiência lhe trouxe foi extremamente gratificante, tanto que, quando Maurina já havia perdido os sentidos, ele continuava excitado e, se Tobias e Ramiro não tivessem chegado naquele momento, atraídos pelo barulho, ele certamente teria consumado o ato sexual mesmo com ela desacordada.

Anete, chamada às pressas naquele dia, ganhou uma grana extra para deixar Maurina no pronto-socorro sem deixar pistas.

A Irmandade não ficou muito preocupada com o ocorrido, já que Maurina era uma moça humilde, e não deveria causar grandes problemas.

Se fosse o caso, poderiam lhe oferecer algum dinheiro pelo "acidente de trabalho" e, se ela decidisse criar caso, Olavo tinha conexões com pessoas ligadas às milícias que agiam no Rio de Janeiro e seria fácil arrumar alguém para dar um cala-boca na moça.

De qualquer maneira, para evitar futuros incidentes, Tobias propôs trazerem umas moças de fora do Rio e com mais experiência em satisfazer clientes mais exigentes.

Fazia tempo que Ramiro ouvia falar em uma cafetina de Belo Horizonte que prestava serviços de maneira bastante profissional e propôs aos irmãos que, dessa vez, ela se encarregaria de selecionar as garotas.

É claro que ficaria mais caro, mas e daí?

Contanto que o prazer fosse grande, tudo era válido.

~

No final daquela tarde, Clara, a filha mais velha de Patrícia e Cesar, chegou do colégio queixando-se de intensa dor abdominal.

Por orientação do pediatra, que estava ocupado em um parto, Patrícia procurou o serviço de emergência de um hospital em Copacabana, por recomendação do médico da família.

Enquanto a menina era avaliada pelo plantonista, Patrícia tentou falar com o marido pelo celular, que Cesar tinha colocado no modo "siga-me", fazendo com que o telefonema fosse direcionado para sua secretária no escritório.

Já instruída pelo patrão, a secretária dizia que "o Dr. Cesar devia estar em uma região onde o celular não pegava, mas que transmitiria o recado a ele tão logo fosse possível".

Nesse dia, após doze anos de casada, Patrícia começou a se dar conta de que estava sozinha e de que não podia contar com o marido se precisasse dele.

Quando o cirurgião chamado pelo médico da emergência disse a ela que sua filha estava com apendicite e teria que ser operada, Patrícia lamentou de verdade não ter a presença de Cesar naquele momento.

Telefonou para a mãe, que se prontificou a ir ao seu encontro imediatamente.

Cesar só retornou as ligações de Patrícia às nove horas da noite.

Quando chegou ao hospital, aproximou-se dela e da sogra, que aguardavam na recepção.

E, pela primeira vez desde que se conheceram, Patrícia lhe virou o rosto quando ele fez menção de beijá-la, fato que chamou a atenção de Angélica.

∽

Antônio não reconheceu o número e, por isso, não atendeu a ligação no celular.

Quando acessou a caixa postal para ouvir a mensagem que havia sido gravada e reconheceu a voz de Herculano, arrependeu-se de não ter respondido.

– *Eu devia ter registrado o número dele.*

Retornou a ligação e marcou um encontro com ele no dia seguinte.

– *Será que ele quer trabalhar comigo?*

Desde que sofrera o sequestro, Antônio dispensou seu motorista particular e rejeitou a ideia de contratar seguranças para protegê-lo.

Já que a polícia não conseguiu esclarecer o que lhe acontecera, muito menos identificar e prender os responsáveis, não queria saber de ninguém convivendo com ele e sabendo da sua rotina.

Pensava que, quanto menos chamasse a atenção, melhor.

No entanto, tinha ficado muito bem impressionado com o homem que ajudara sua filha.

Notou que havia uma coisa boa no olhar daquele rapaz, algum sentimento genuíno de querer ajudar as pessoas ou, talvez, algo de puro que não havia sido corrompido pelo lado mesquinho da natureza humana.

Certamente, Herculano era alguém que ele gostaria de ter por perto.

– *Vamos ver* – pensou.

☙

Clara teve alta dois dias após a cirurgia.

Durante o trajeto do hospital para casa, Cesar percebeu que Patrícia estava distante dele, mas não deu grande importância ao fato. Achou que fosse passar.

E isso aconteceria, se o curso dos eventos não viesse frustrar a expectativa de Cesar.

Quando a festinha da Irmandade terminou, Olavo deu a Cesar um preservativo que tinha trazido dos Estados Unidos, igual ao que tinha usado naquele dia.

Tinha ficado impressionado com a pequena espessura da camisinha e atribuiu a isso o prazer que tinha sentido nas transas daquela tarde.

Cesar guardou o envelope em um dos bolsos externos do blazer que estava usando.

Quando eles chegaram à casa, no apartamento de quase 500 metros quadrados na quadra da praia em Ipanema, Patrícia acompanhou Natália até o quarto dela.

Depois que a menina estava acomodada, ela foi para a suíte do casal e ouviu Cesar cantarolando baixinho debaixo do chuveiro.

Ressentida com o sumiço do marido quando precisou dele, Patrícia não resistiu à tentação de vasculhar os bolsos do blazer que descansava em uma das cadeiras que eles tinham no quarto de dormir.

Foi assim que ela encontrou o presente que Olavo havia dado a Cesar.

Quando o marido saiu do chuveiro, enrolado em uma toalha, Patrícia hesitou em lhe dizer alguma coisa.

Os anos de convivência não aplacaram a intensa atração física que sentia por ele.

A visão do corpo seminu de Cesar ainda mexia muito com ela.

Mas, naquele dia, por razões que nem ela mesma poderia explicar, resolveu confrontá-lo.

– Isso estava no seu bolso. Parece que você tem se divertido bastante.

Pego de surpresa, Cesar procurou ganhar tempo.

– O quê? Agora você revista os meus bolsos? Que merda é essa?

Patrícia detestava palavrões e, geralmente, era incapaz de manter uma discussão. Sempre acabava cedendo.

Dessa vez, no entanto, ela se manteve firme:

– Até quando você acha que eu vou fechar os olhos para as suas traições?

– Como assim?

– Estou cansada de saber que você apronta.

– De onde você tirou isso?

– Achei muito estranho o seu sumiço naquela tarde em que eu tive que levar a Natália para o hospital.

– Eu te falei que eu tinha uma reunião em São Paulo. Não sei por que você está reclamando. Voltei no mesmo dia.

– E essa camisinha?

– Claro que foi alguma sacanagem que algum idiota fez comigo. Não tenho a menor ideia de como isso veio parar no meu bolso.

Cesar tentou se aproximar da mulher, mas ela o repeliu.

– Vamos conversar depois. Só o que me interessa, nesse momento, é ver minha filha recuperada – disse Patrícia.

Tendo extrema dificuldade em lidar com qualquer rejeição, por mínima que fosse, Cesar contou até dez e conseguiu se controlar.

– Vou até o clube esfriar a cabeça – disse ele, referindo-se ao clube de golfe do qual era sócio na Barra da Tijuca.

Patrícia sentiu-se aliviada ao ouvir aquilo.

Mais uma vez, sentiu-se desprotegida pelo próprio marido.

Nesse momento, veio à sua mente a intervenção de Herculano quando foi assaltada.

De maneira totalmente imprevisível, aquele homem com cara de garoto apareceu do nada para socorrê-la.

Não tinha dúvida de que tinha sido um golpe de sorte.

No seu problema com relação ao casamento, sabia que não poderia contar com a sorte.

Teria que enfrentá-lo com os seus próprios recursos, mas a questão era: estaria mesmo disposta a travar essa batalha?

Não seria melhor fechar os olhos e seguir em frente, como faz a absoluta maioria das pessoas?

Nesse instante, ouviu a voz de Clara chamando por ela e foi ver o que sua filha queria.

∾

Herculano voltou ao escritório de Antônio no horário combinado.

Quando lhe falou que a família para a qual trabalhava estava de mudança para São Paulo, o empresário imediatamente se mostrou interessado em contratá-lo.

Sem falar no sequestro que sofrera, disse-lhe que não tinha motorista há alguns anos, até porque morava perto do escritório, mas que Herculano poderia cumprir essa função e ser uma espécie de assessor para assuntos referentes à segurança pessoal de cada um dos membros da família.

Agressões como a que Patrícia acabara de sofrer estavam se tornando cada vez mais frequentes e seria útil ter alguém como Herculano ao lado deles.

Herculano argumentou que não tinha o treinamento necessário para ser segurança ou guarda-costas e que não entendia nada de armas de fogo.

– Não tem problema. Com o tempo, vamos ver como podemos aproveitar as suas qualidades da melhor maneira possível – disse Antônio.

Herculano assentiu.

– Vai ser bom ter você por perto.

Antônio propôs a Herculano um salário que era o dobro do que ele vinha ganhando e disse-lhe que, caso ele precisasse trabalhar nos fins de semana, receberia um adicional.

Os dois homens selaram o acordo com um aperto de mãos e Antônio percebeu que o seu mais recente contratado tinha uma mão grande e pesada, detalhe que lhe escapou no primeiro encontro.

Herculano ficou de se apresentar à casa de Antônio na segunda-feira seguinte, às oito horas da manhã.

⁓

O inspetor Siqueira resolveu visitar Maurina, que continuava internada, para tentar colher o seu depoimento.

Homem calejado, ainda assim, ficou revoltado com o que viu.

Maurina continuava com uma sonda nasogástrica, já que ainda não tinha condições de se alimentar normalmente, e exibia o rosto muito edemaciado e com várias equimoses.

Ele já havia conseguido identificar Lucy, a moça que morava com ela, e já sabia que ambas trabalhavam na confecção de Anete Rodrigues.

Embora não tenha conseguido nenhuma informação relevante dela, que se limitava a responder suas perguntas com gestos, viu que havia uma expressão de pavor em seu olhar e intuiu que deveria estar com medo daquela investigação.

Saiu dali e foi direto para a confecção de Anete.

Quando lhe avisaram que havia um policial querendo falar com ela, a dublê de pequena empresária e agenciadora de encontros não gostou nada daquilo.

Seu primeiro temor foi que ela tivesse sido reconhecida como a mulher que havia deixado Maurina no hospital.

Se havia algo que ela não queria, de jeito nenhum, era ser ligada àquele episódio.

Pensou em mandar dizer que tinha saído, mas achou melhor falar logo com o policial para não despertar suspeitas e para tentar perceber se ele havia descoberto alguma coisa.

Parou diante do espelho para retocar a maquiagem. Viu uma mulher que tinha o rosto marcado pelos anos vividos, cabelos pretos que fazia questão de retocar semanalmente, pele azeitonada, mais de dez quilos acima do peso, malares proeminentes e olhos de um azul profundo.

Vendo sua imagem refletida, o único traço que ainda reconhecia dos tempos em que foi Miss Macaé eram os olhos.

Ainda que a expressão do seu olhar tivesse mudado ao longo do tempo, o colorido dos olhos permanecia o mesmo, como uma distante recordação do tempo em que acreditava que a vida iria sorrir para ela.

Anete recebeu Siqueira na parte dos fundos da sala em que funcionava a confecção.

Como não viu nenhuma máquina de tecelagem, o policial perguntou onde eram fabricadas as roupas que ela vendia.

Anete explicou que a maioria das peças vinha da rua Teresa, em Petrópolis, mas que ela também comprava roupas em pontas de estoque em Juiz de Fora.

Siqueira observou que, naquele momento, não havia nenhuma compradora na loja e as três moças, que se faziam passar por vendedoras, usavam calças jeans apertadas, que marcavam suas formas e exibiam decotes bastante ousados, mesmo levando-se em conta o calor do Rio de Janeiro.

Anete notou pelo olhar de Siqueira que ele não acreditou naquela história de confecção e que tinha percebido que aquilo não passava de uma fachada.

Disse que gostaria de falar com Lucy, a moça que morava com Maurina.

Anete disse que ela tinha viajado para o interior de Minas para visitar uma tia que estava doente.

– Assim, de repente? – perguntou Siqueira.

– Pois é. Coisas de família, o senhor sabe como é...

Siqueira manteve-se calado.

Anete disse que estava esperando o momento certo para visitar Maurina e que, tão logo ela tivesse alta, poderia retomar seu emprego.

Homem de poucas palavras, Siqueira levantou-se para ir embora. Já tinha tirado suas conclusões.

Quando chegou à porta, acompanhado por Anete, voltou-se para ela e perguntou:

– A senhora tem ideia de quem poderia ter deixado a Maurina no hospital?

Anete sentiu um aperto no peito.

Tentando aparentar calma, respondeu:

– Não tenho a menor ideia. Como eu lhe disse, a Maurina, nesse dia, telefonou dizendo que não vinha trabalhar porque estava passando mal.

– E a senhora sabe qual era o problema dela?

– Ela não falou direto comigo. Deixou o recado com uma das meninas.

Após um instante de hesitação, disse que ele poderia falar com suas funcionárias, se julgasse necessário.

Siqueira agradeceu e disse que, naquele momento, isso não seria necessário.

– Volto a entrar em contato – disse ele, dirigindo-se ao elevador.

– *Espero que não* – pensou ela.

∽

No seu primeiro dia de trabalho, Herculano chegou à casa da família Magalhães às 7h45, quinze minutos antes do horário combinado.

Foi recebido por Lucas, o copeiro, funcionário antigo, que o levou até o subsolo, onde ficava o seu quarto, para que ele vestisse o terno escuro, com camisa branca e gravata preta, que seria seu uniforme.

Herculano ficou impressionado com as dimensões da casa da família Magalhães, construída no centro de um terreno de quase mil metros quadrados.

Notando a reação dele, Lucas fez questão de descrevê-la, dizendo que, na parte externa, havia garagem para oito carros, piscina, forno a lenha e jardim de inverno com churrasqueira.

Na área interna, um salão com quatro ambientes, lavabo, copa e cozinha.

No segundo andar, uma suíte máster de cem metros quadrados, dois quartos e um banheiro social.

No terceiro andar, uma suíte de hóspedes e um salão com uma mesa de sinuca, um *home theater* e uma ampla cozinha *gourmet*.

No subsolo, ficavam as dependências dos empregados e a lavanderia.

Herculano nunca imaginara conhecer uma casa daquele tamanho.

Lucas, perto de completar setenta anos de idade, era um homem pardo, calvo, com traços árabes, nariz adunco e um porte ereto, apesar da barriga proeminente, que ele tentava disfarçar sob o uniforme bem cortado.

Ele apresentou-o a Aparecida, a cozinheira, e a Geraldo, o jardineiro.

Herculano simpatizou logo com Aparecida, uma mulher negra, de pouco mais de cinquenta anos, com um sorriso cativante, mas achou Geraldo bastante esquisito, com sua magreza exagerada, seus cabelos ruivos e arrepiados e seus olhos encovados, que pareciam duas fendas.

Quando Antônio saiu pela porta da frente da casa, viu que Herculano o aguardava ao lado do Audi azul-marinho blindado de fábrica.

Sorrindo, apertou a mão do seu novo empregado e deu-lhe as boas-vindas.

Disse que mais tarde ele conheceria Angélica, sua mulher, que ainda estava dormindo.

Como ocorria com certa frequência, ela ficava lendo até tarde e acabava demorando a pegar no sono.

O trajeto de casa até o escritório durava menos de dez minutos.

Antônio ficou no escritório, na Dias Ferreira, e disse a Herculano que voltasse à sua casa e aguardasse novas instruções.

Às 10h30, Angélica veio ao seu encontro acompanhada de Aparecida e disse-lhe que elas iriam à Cobal do Leblon para fazer algumas compras.

A primeira impressão que Herculano causou na mulher de Antônio Magalhães foi positiva.

Angélica sentiu-se segura na presença dele, notou que ele dirigia de maneira prudente e, ainda por cima, achou que ele tinha uma boa aparência.

O assunto do jantar daquela noite foi o novo motorista.

Angélica ponderou que, levando em conta que o escritório de Antônio ficava perto de casa e que a vida social dela já não tinha a intensidade de antes, Herculano ficaria uma boa parte do tempo desocupado.

Antônio concordou.

Depois de um breve momento de reflexão, Angélica disse:
– E se ele servir também à Patrícia?

Antônio não tinha pensado nisso.
– Ótima ideia!

– E ele pode ajudar com as atividades das meninas: balé, tênis etc.
– Você falou com ela hoje?
– Hoje, não. Falei ontem.
– E ela estava bem?
– A voz dela me pareceu triste. E nós sabemos o motivo.
– Não acredito que não possamos fazer nada para ajudar nossa única filha.
– É difícil ajudar quando o problema é o casamento. E não podemos esquecer da Clara e da Natália. Haja o que houver, o Cesar vai ser sempre o pai delas.

Ao ouvir isso, Antônio pousou os óculos sobre a mesa e coçou a cabeça.

Vendo o marido preocupado, Angélica resolveu mudar de assunto:

– E então, vamos ver mais um episódio? – perguntou, referindo-se à série americana que eles tinham começado a ver sobre a ascensão ao poder de um político corrupto.

Antônio concordou e acompanhou a mulher ao *home theater*.

∾

Olavo Fontes estranhou receber a ligação de Anete no celular.

Pensou em não a atender, mas como tinha sido ele que fizera o contato para combinar a festinha em que Maurina foi agredida, resolveu ouvir o que ela tinha a dizer.

Ela pediu que ele a recebesse em seu escritório.

O encontro foi marcado para o dia seguinte, no final do horário.

Após desligar o telefone, Olavo ficou brincando com um elástico que tinha o hábito de enrolar no pulso direito.

– *Tomara que essa mulher não venha me pedir dinheiro.*

Pediu à secretária que lhe trouxesse um café e que não lhe passasse nenhuma ligação durante os próximos quinze minutos.

Acendeu um cigarro e foi até a janela, de onde tinha uma bela vista do aterro do Flamengo.

Nesse momento, lembrou-se de um professor que tivera na Faculdade de Direito, um homem inteligente e extremamente crítico, que costumava dizer que 95 por cento da humanidade não prestavam e que os cinco por cento restantes ele admitiria discutir.

Olavo fazia parte da grande maioria.

Fizera essa opção ainda bem jovem, antes de se formar, quando descobriu que sua namorada o traía com o filho de um milionário.

Meteu na cabeça que isso aconteceu porque vinha de uma família pobre e que, uma vez que tivesse dinheiro, muito dinheiro, estaria imune a dissabores como esse.

O passar do tempo mostrou que ele estava errado.

Casou-se duas vezes e, em ambas, voltou a ser traído pelas mulheres.

Na segunda vez, o amante era seu sócio no escritório.

Além do casamento, a parceria de quase vinte anos também foi desfeita.

Chegou à conclusão de que a solução era pagar para ter prazer.

Fosse uma garota de programa que lhe fizesse uma visita no próprio escritório, no final da tarde, ou outra mais sofisticada, que o acompanhasse em uma viagem ao exterior, preferia pagar para não ter ilusões.

Esse negócio de romance, na visão dele, era coisa de cinema.

Costumava dizer, depois de algumas taças de vinho, que só existiam dois tipos de mulheres: aquelas que já aprontaram e as que ainda vão aprontar.

Simples assim.

Teria que esperar até o dia seguinte para ver qual era o assunto que Anete tinha a tratar com ele.

– *Já está na hora dessa história acabar* – pensou, enquanto continuava a brincar de enrolar e desenrolar o elástico no pulso.

∽

Anete chegou ao escritório de Olavo no horário combinado, mas ele fez questão de deixá-la esperando por vinte minutos.

Costumava usar essa estratégia para fazer com que as pessoas valorizassem mais o fato de serem levadas à sua presença.

Enquanto aguardava, Anete ficou impressionada com a quantidade de quadros e esculturas que decoravam a sala de espera.

Embora não entendesse do assunto, imaginou que Olavo deveria ser um amante de obras de arte e que tinha dinheiro suficiente para comprar o que lhe agradasse.

Mal sabia ela que Olavo não dava a menor importância para arte. Sua única preocupação era causar uma boa impressão nos clientes.

Quando uma das secretárias a conduziu à sala do advogado, Anete sentiu-se intimidada pela decoração em estilo inglês, com móveis pesados estofados em couro e quadros com motivos de caça.

Olavo não se deu ao trabalho de levantar da sua poltrona Bergère e fez sinal para que ela se sentasse diante dele.

Olhando para a estante envidraçada, repleta de livros encadernados em couro, dispostos simetricamente, e não sabendo como iniciar a conversa, Anete tentou uma abordagem informal.

– Seu escritório é muito bonito. O senhor deve gostar muito de arte.

– Você não veio aqui para falar do meu escritório. Vamos direto ao assunto.

Anete disse que lamentava muito o que tinha ocorrido e que aguardava ansiosamente uma nova chance de reunir outro grupo de garotas para animar alguma festinha de Olavo e seus amigos.

– E daí? – perguntou o advogado.

– Na verdade, eu não estava contando com isso e o que aconteceu acabou me trazendo um prejuízo enorme.

– Como assim? Você não recebeu o que foi combinado?

– Recebi, mas a Maurina era a funcionária que os clientes mais solicitavam e ela ainda está no hospital sem previsão de alta.

– Então você está querendo mais dinheiro, é isso?

– Eu sabia que o senhor era um homem de bom coração.

Olavo começou a perder a paciência.

– Olha aqui, não me venha com esse papo. Vou te dar mais dois mil reais e você some para sempre.

– Quero vinte.

– O quê? Ficou maluca?

– Por favor, Dr. Olavo, vamos nos manter calmos.

O advogado começou a ficar com as bochechas avermelhadas, o que acontecia sempre que se estressava.

– Calma é o cacete!

Anete começou a temer o rumo que as coisas estavam tomando, mas não podia perder aquela oportunidade de faturar mais algum.

– Isso está me cheirando a chantagem – disse Olavo.

Anete não recuou.

– Olha que o senhor tem muito a perder. Um homem na sua posição, metido com esse tipo de coisa...

Olavo custava a acreditar que Anete tivesse peito para falar com ele daquele jeito. Fazendo um esforço sobre-humano, conseguiu se controlar e pediu três dias para providenciar o dinheiro.

Anete disse que gostaria que ele efetuasse o pagamento em, no máximo, 48 horas e encerrou a conversa, levantando-se para sair.

Olavo continuou sentado.

– *Quem essa cafetina de merda está pensando que é? Ela vai ter o que merece* – pensou.

Abriu a gaveta inferior da sua mesa com uma pequena chave que guardava dentro de um livro falso da biblioteca que se localizava atrás de sua poltrona, junto à parede, e de lá retirou uma pequena caixa dourada com tampo de marfim.

A caixa continha sua reserva pessoal de cocaína "zero zero zero", como é conhecida no jargão dos traficantes. Com a ajuda de uma espátula, preparou duas fileiras que foram inaladas com voracidade usando uma nota de cem reais enrolada.

A sensação de bem-estar foi imediata, mas muito fugaz.

Logo sentiu o sangue pulsar nas têmporas ao se lembrar do diálogo que tivera com Anete.

Ligou para Jardel Martins, membro da Irmandade, e disse-lhe que precisava entrar em contato com Djalma, um policial aposentado que chefiava uma facção ligada às milícias que assolam o Rio de Janeiro.

Não era a primeira vez que ele requisitava os serviços do ex--policial, mas preferia usar o amigo como intermediário porque era a ele que Djalma estava subordinado.

Dez minutos depois, atendeu uma ligação de um número não identificado no celular.

Djalma estava do outro lado da linha.

Olavo disse-lhe que precisava dar um corretivo em uma determinada pessoa e que contava com ele para realizar o serviço.

Combinaram que o ex-policial passaria no escritório na manhã seguinte para receber as instruções.

Imaginando que Anete seria punida pelo atrevimento com que se dirigiu a ele, esboçou um sorriso.

– *Aquela vaca vai levar um susto...*

A rotina matinal de Patrícia consistia em levar as filhas à escola, em Botafogo, às oito horas da manhã e, de lá, ir para a aula de balé, na Gávea, que considerava da maior importância para o seu equilíbrio físico e mental.

Quando voltava para casa, entre 10h30 e 11 horas, ainda encontrava com o marido, que raramente saía para o trabalho antes do meio-dia.

Naquela quinta-feira, tinha pedido à Angélica para buscar as meninas no colégio porque decidira fazer uma visita a uma amiga de longa data, que havia estudado com ela no Colégio Santo Inácio.

Sandra Campos, apenas um ano mais nova que Patrícia, tivera que ser submetida a uma mastectomia total para extirpar um câncer e estava fazendo quimioterapia.

As duas amigas falavam-se com frequência por telefone, mas Patrícia sentiu que seria importante estar com ela pessoalmente, por acreditar que a sua presença física pudesse ajudá-la a suportar o fardo que estava sendo obrigada a carregar naquele momento.

Três anos antes, Sandra sofrera um trauma violento e inesperado, quando seu marido disse que iria deixá-la.

Estava casada com Rodolfo havia oito anos e continuava apaixonada por ele, por mais que a vida sexual do casal nunca tenha sido intensa.

Longe disso.

Se, mesmo no início do casamento, o marido não a procurava, como seria de se esperar, nos últimos seis meses em que estiveram juntos não fizeram sexo uma só vez.

Alegando razões profissionais, Rodolfo começou a passar a semana em São Paulo, só retornando ao Rio aos fins de semana.

Sandra sabia que havia algo errado, mas tinha medo de perguntar.

Rodolfo não era um homem bonito, mas tinha uma sofisticação da qual Sandra gostava.

Sentia-se bem na presença dele, achava-o divertido e gostava de frequentar a roda de amigos que tinham em comum.

Quando perguntou a ele se a razão da separação era uma outra mulher, Rodolfo explodiu em uma crise de choro e confessou-lhe que era homossexual, que mantinha um relacionamento com um advogado em São Paulo e que não suportava mais a ideia de enganá-la.

Ainda que o golpe tenha sido duro, não chegou a sentir raiva dele.

Sentiu-se profundamente decepcionada consigo mesma, por ter deixado que a situação chegasse àquele ponto.

No último ano, resolvera morar em Itaipava com um homem mais velho que conhecera na inauguração de um restaurante no Rio.

Guido Ferraro era dono de uma pousada de charme e especialista em vinhos italianos.

Natural de Siena, viera para o Brasil aos vinte e cinco anos de idade para trabalhar com telecomunicações.

Bastaram pouco mais de duas décadas para que chegasse a construir um patrimônio sólido, o que lhe permitia não ter mais que se preocupar com dinheiro e se dedicar à atividade da qual mais gostava: gastronomia.

Aos cinquenta e cinco anos de idade, alto, corpulento e ruivo, Guido não tinha o tipo de físico de alguém que faria Sandra se apaixonar.

O que chamou a sua atenção, quando começaram a sair juntos, foi a atitude positiva com que encarava a vida e o fascínio que exercia sobre ele.

Quando foram para a cama pela primeira vez, ainda que estivesse insegura, Sandra gostou de ser explorada pelas mãos daquele homem experiente, que a envolvia com carinho e a possuía com o vigor de alguém muito mais jovem.

Com Guido, Sandra começou a conhecer, de verdade, os prazeres do sexo e, em pouco tempo, venceu todas as barreiras físicas e psicológicas, e passou a se entregar a ele sem nenhuma restrição.

Angélica disse a Patrícia que mandaria Herculano levá-la à pousada de Sandra e ela gostou da ideia. Ficou feliz com a oportunidade de rever o homem que a socorreu de maneira tão inesperada e tão heroica.

Conforme havia sido combinado, às 11 horas da manhã Herculano aguardava a filha do patrão em frente ao prédio dela.

Desde o episódio em que encontrou a camisinha no bolso do blazer, o relacionamento entre Patrícia e Cesar estava estremecido.

Ele até que tentou aproximar-se dela algumas vezes, mas ela recusou.

Naquela manhã, talvez um pouco fragilizada por pensar na situação de Sandra, ela resolveu dar um beijo nele antes de sair.

Pensando que estava sozinho em casa, Cesar ligou do seu celular para uma recepcionista de uma revendedora de automóveis que tinha conhecido havia pouco tempo para combinar um almoço com ela.

Quando começou a se barbear, colocou o telefone no viva-voz e não se deu conta da aproximação de Patrícia, que não gostou nada do que ouviu.

Cesar desligou rapidamente o telefone e disse para ela:

– Não é nada disso que você está pensando.

Patrícia balançou negativamente a cabeça e saiu sem dizer uma palavra.

Cesar viu, pela janela da sala, quando Herculano abriu a porta para que Patrícia se acomodasse no banco traseiro do carro.

Reconheceu o carro do sogro, mas não sabia que ele tinha contratado um motorista.

Ligou para o celular dela, mas Patrícia, ao ver sua ligação, não atendeu.

Talvez tenha sido nesse exato momento que algo no seu íntimo tenha começado a mudar. Começou a se dar conta de que havia uma força dentro dela que poderia ajudá-la a reagir, a mudar aquela situação de inferioridade em relação ao marido, que sempre fora a parte forte do casal.

– A senhora tem preferência de caminho? – perguntou Herculano.

– Não. Pode escolher.

– Vou pegar o Rebouças e a Linha Vermelha.

– Está ótimo.

A voz de Herculano fez com que Patrícia se lembrasse do assalto que sofrera.

– Fiquei contente do meu pai ter contratado você. Nunca vou esquecer o que você fez por mim.

Herculano sorriu.

– Como está sua menina?

– Está bem. Não falou mais no que aconteceu.

– Bom sinal.

Patrícia e Herculano não conversaram muito durante a viagem.

Entretida com a leitura de *O segredo da livraria de Paris*, de Lily Graham, e sentindo-se momentaneamente afastada de seus problemas conjugais, Patrícia não sentiu o tempo passar.

Por algumas vezes, seu olhar encontrou o olhar de Herculano pelo espelho retrovisor do carro, mas nenhum dos dois disse nada.

Herculano não percebera que Patrícia era tão bonita no dia do assalto e teve que se controlar para que ela não se desse conta do efeito que causava nele.

E ela sentiu-se bem na presença dele. Apesar do olhar de menino, Herculano lhe transmitia segurança. Sua intuição dizia-lhe que podia confiar naquele homem.

Chegando à pousada, encontrou a amiga à sua espera.

Patrícia notou que Sandra tinha perdido alguns quilos e estava bastante abatida. Mas gostou de perceber que havia uma expressão positiva no olhar dela. Além disso, o sorriso continuava igual.

Sandra disse-lhe que Guido tinha ido a Petrópolis para resolver assuntos de trabalho, mas que chegaria a tempo de almoçar com elas.

Sentaram-se na varanda, de onde podiam desfrutar de uma vista agradável das árvores que cercavam a pousada e conversaram ao som do ruído da água que brotava de uma fonte próxima.

Enquanto aguardavam a copeira trazer um chá, Sandra explicou que a pousada tinha 12 suítes, seis delas com piscinas privativas e sauna.

Além disso, os hóspedes tinham à sua disposição um spa, uma sala de musculação e uma massagista profissional apta a oferecer massagens relaxantes, antiestresse e drenagem linfática.

– Quem sabe você e o Cesar não se animam a passar alguns dias aqui?

Patrícia esboçou um sorriso e abaixou a cabeça.

Pela reação dela, Sandra notou que as coisas entre o casal não estavam muito boas.

Foi quando a copeira colocou duas xícaras com água quente e diferentes tipos de chá sobre a mesa de ferro fundido com tampo de vidro.

Apontando para um pacote verde, Sandra disse:

– Experimenta esse. É um chá de ninho de passarinho feito na Tailândia.

Dizem que é ótimo para a pele e para a circulação.

Patrícia mergulhou o sachê na água e se distraiu com a coloração âmbar que se tornava progressivamente mais intensa.

Quando voltou a pousar os olhos em Sandra, a amiga a olhava fixamente.

– Estava mesmo querendo te ver – disse Patrícia.

– Eu sei, mas parece que você também está atravessando um momento difícil, não é?

– Era só o que faltava eu ficar falando dos meus problemas diante do que você está passando.

– Somos amigas há muitos anos. Pode se abrir comigo, se quiser.

Patrícia hesitou.

Sandra continuou.

– É verdade que estou enfrentando um câncer e isso não é nada simples. Mas vou te dizer uma coisa: tenho absoluta confiança de que vou ficar curada.

Patrícia sorriu.

Ainda tenho muito o que viver com o Guido. A gente tem uma relação superlegal. No início, me preocupava o lance da diferença de idade mas, na verdade, nem penso mais nisso. Esse homem me ama e, para ser bem sincera, me come muito gostoso!

A afirmação enfática de Sandra arrancou uma gargalhada da amiga.

– Nossa, menina! Você está impossível!

– Basta dizer que, só agora, descobri as delícias do sexo oral, mas fica tranquila que vou te poupar dos detalhes.

Patrícia pensou em Cesar e em como era bom transar com ele.

A expressão de Sandra tornou-se séria.

– Uma coisa que eu aprendi há pouco tempo é que a vida não vem arrumada.

Sandra fez uma pausa para tomar um gole de chá.

– Você vê, passei oito anos em um casamento que não tinha como dar certo, depois conheci um cara que me faz feliz, agora me aparece essa doença...

– É mesmo. A gente nunca sabe o que a vida nos reserva.

– Outro dia, uma amiga me enviou pelo Facebook um texto do Guimarães Rosa que tem tudo a ver com o que a gente tá falando.

Sandra localizou o texto no celular e mostrou-o a Patrícia.

*A vida é assim: esquenta e esfria, aperta e daí afrouxa, sossega e depois desinquieta. O que ela quer da gente é coragem.*

Quando Patrícia devolveu o celular à amiga, tinha os olhos cheios de lágrimas.

Sandra tentou dividir o fardo que ela carregava.

– Olha, Patrícia, tenho notado que o seu casamento não está legal há algum tempo, mas fica difícil querer ficar te aconselhando.

– Eu sei.

– Essas coisas cada pessoa tem que resolver sozinha.

Patrícia tinha um ar pensativo.

– Só quero que você saiba que o que você decidir, vou estar do seu lado.

Patrícia pousou a xícara no pires, aproximou-se de Sandra e as duas se abraçaram.

Nesse momento, Guido chegou para almoçar com elas.

Patrícia achou-o muito parecido com o personagem Tormund, do seriado *Game of Thrones*, só que sem a barba.

Durante o almoço, falaram sobre viagens a maior parte do tempo. Grande conhecedor da região, Guido encorajou Patrícia a visitar a Toscana e se prontificou a fazer um roteiro para ela.

Eram 16h30 quando Herculano abriu a porta para que Patrícia entrasse no carro.

Antes de saírem da propriedade, Patrícia notou que havia uma fonte que não percebera ao chegar.

Pediu a Herculano que parasse o carro e aproximou-se dela. A água escorria por entre as mãos de uma escultura de Vênus e havia uma inscrição gravada ao pé da deusa: *A vida é uma ponte. Não construa sua casa sobre ela.*

– Minha mãe vai gostar disso – pensou.

Como aconteceu na ida, os dois quase não conversaram durante o trajeto de volta.

O único momento em que Patrícia notou uma certa apreensão no rosto de Herculano foi quando passavam pela Baixada Fluminense e ele teve que reduzir a velocidade abruptamente porque, logo após uma curva, havia um carro trafegando em baixa velocidade na pista da esquerda.

Herculano teve que ultrapassá-lo pela direita e, ao fazê-lo, viu que havia dois homens no carro.

Notando que Herculano imprimiu uma velocidade bem maior, Patrícia perguntou a ele se havia algo errado.

Ele explicou que esses carros que andam à baixa velocidade, geralmente na pista da esquerda, estudam o carro que passa por eles para assaltá-lo.

Em geral, só dá para ver o motorista e o copiloto, mas, quase sempre, há mais dois ou três bandidos abaixados no banco traseiro.

Por via das dúvidas, Herculano preferiu ser mais prudente.

E, mais uma vez, a sensação de segurança que Patrícia sentia na presença daquele homem tornou-se perceptível.

Quando chegou ao prédio em que morava e se encaminhou para o elevador, Patrícia tinha plena consciência de que os problemas que estava enfrentando a estariam aguardando assim que entrasse em casa.

Mesmo assim, sentiu que a visita a Sandra lhe trouxera um novo ânimo e teve um *insight* de que, de alguma maneira, as coisas se resolveriam.

Djalma não teve dificuldade em levantar a rotina de Anete.

Pegava o metrô por volta das oito horas na estação Botafogo e saltava na rua Siqueira Campos. Costumava ficar o dia inteiro na confecção, só saía para almoçar em um restaurante a quilo na rua Figueiredo Magalhães, por volta das 13h, e pegava o metrô para voltar para casa às 20 horas.

Combinou com Miguel, um de seus capangas, de esperá-la na saída do metrô e, quando ela estivesse perto de casa, ele a agrediria com um porrete com a intenção de quebrar suas pernas.

Enquanto isso, Djalma o aguardaria no carro, do outro lado da rua.

O objetivo era tirá-la de circulação durante um tempo suficiente para que ela se esquecesse de Olavo.

No dia em que o plano seria executado, uma quinta-feira, Anete acordou mais cedo. O motivo foi o pesadelo que tinha, de vez em quando, em que se via atacada por dois homens em um matagal, o que efetivamente lhe aconteceu, em Macaé, quando tinha dezessete anos de idade e, se não fosse pela intervenção de alguns jovens que voltavam de uma festa, ela teria sido estuprada e sabe-se lá o que mais.

Antes de sair de casa, certificou-se de que o spray de pimenta estava na bolsa e não se lembrou mais do sonho ruim.

No decorrer do dia pensou em ligar para Olavo, já que o prazo que ele havia pedido estava quase se esgotando, mas resolveu deixar para o dia seguinte.

Na volta para casa, quando entrou na rua Paulino Fernandes, onde morava, percebeu que não havia quase ninguém.

– *Deve ser medo de assalto. A gente vive apavorada.*

Esse pensamento fez com que se lembrasse do pesadelo da noite anterior e, instintivamente, levou a mão direita ao spray de pimenta que guardava em um compartimento externo da bolsa que trazia presa ao ombro.

Parecendo pressentir o ataque, quando Miguel se aproximou para golpeá-la, ela se virou e dirigiu o jato de pimenta para os olhos de seu agressor, que deu um grito, tamanha a dor que sentiu.

Anete tentou correr, mas tropeçou em uma irregularidade da calçada e caiu, protegendo o rosto com os antebraços.

Antes que pudesse se levantar, foi agredida com três golpes violentos na cabeça desferidos por Miguel que, mesmo com a visão embaçada, não teve dificuldade para acertá-la, prostrada a seus pés.

Djalma, que o aguardava com o motor ligado, gritou para que ele entrasse logo no carro.

Quando arrancou, olhou para o corpo inerte da mulher, que jazia na calçada, e bateu com a palma da mão na testa.

– Porra, Miguel, era só para dar um susto nela.

– Eu sei, chefe. Mas ela reagiu.

– E daí, cacete?

Miguel não respondeu.

– E se ela morreu?

Miguel continuou calado.

Djalma tinha acolhido o jovem em seu bando a pedido da mulher, que era afilhada de batismo de uma tia de Miguel.

Nas duas primeiras tarefas que lhe deu, nas quais deveria cobrar dívidas de jogo, saiu-se bem.

Mas, com essa, ele não contava.

Telefonou do seu celular para Jardel para contar o que tinha acontecido e pedir instruções.

O chefe disse que fossem para a base, que era como eles se referiam à oficina de automóveis em Caxias, que servia de fachada para as atividades criminosas do bando, e aguardassem lá enquanto ele iria avaliar a situação.

A agressão a Anete foi presenciada por uma moradora do prédio em frente, que ligou para a emergência do Hospital Miguel Couto.

Como a ambulância estava demorando, o síndico do prédio em que Anete morava, coronel do Exército reformado, com a ajuda do filho, colocou-a em seu carro e a levou até o pronto-socorro.

Quando a equipe de emergência a retirou do carro e a colocou na maca, o médico de plantão constatou que Anete já não respirava mais.

Foram realizadas várias manobras para reanimá-la, mas não houve sucesso.

Sebastião, o enfermeiro que ajudou a retirar Anete do carro, foi até a sala do chefe da equipe de plantão e disse-lhe que aquela mulher que acabara de dar entrada era a mesma que, cerca de dois meses antes, havia deixado a moça tinha que sido espancada na emergência.

O Dr. Henrique Motta, homem com grande experiência na medicina e na arte de lidar com pessoas, perguntou a ele como podia ter certeza.

Sebastião respondeu que, embora não tivesse guardado na memória as feições de Anete, reconheceu o broche no formato de "um olho meio esquisito" que ela usava preso à blusa.

Henrique foi até a maca onde o corpo de Anete repousava, levantou o lençol que o cobria e verificou que se tratava de um olho de Hórus, um dos amuletos mais importantes do Egito Antigo.

Voltando à sua sala, viu o cartão que o inspetor Siqueira havia deixado preso no quadro de avisos para o caso de alguém ter alguma informação sobre o caso de Maurina.

Embora não soubesse se podia confiar no relato de Sebastião, lembrou-se de um professor de farmacologia que tivera e que costumava dizer que, diante das coisas que havia visto ao longo da sua vida, ele se sentia tentado a acreditar mais nas coisas que não podia ver.

Siqueira estava em um bar próximo à delegacia, comendo um sanduíche, quando recebeu a ligação de Henrique.

Quarenta minutos depois, chegou ao Miguel Couto e reconheceu o corpo de Anete.

Sua intuição lhe disse que o enfermeiro estava certo.

Embora fosse difícil provar, fazia todo o sentido que a própria Anete tivesse deixado Maurina no pronto-socorro depois de um programa malsucedido.

Foi informado de que Maurina estava para ter alta nos próximos dias.

Precisava interrogá-la o mais depressa possível.

Quando Olavo viu o número de Jardel no seu celular, pediu licença e interrompeu a reunião em que estava naquele momento, em seu escritório, com um empresário do interior do estado que estava sendo acusado de ser o mandante do assassinato do próprio sócio.

Ao tomar conhecimento do que tinha acontecido com Anete, ficou transtornado.

– Porra, Jardel, era só para dar um susto nela. Não era para matar aquela vaca!

– Foi uma fatalidade. Não era para ter acontecido.

– Fatalidade é o caralho! Vocês estão querendo me foder?
– Trata de se acalmar.
– Mas a polícia vai investigar essa merda toda.
– Deixa que eu cuido disso. Vou saber em que pé estão as coisas.
– Se descobrirem qualquer ligação comigo, vai sobrar para mim.
– Fica frio. Não vão descobrir nada.
– Como você pode ter certeza? A garota ainda está internada.

Jardel coçou a cabeça. Não tinha pensado nisso.

Teve vontade de dizer que tudo isso era culpa do próprio Olavo, que era um porra-louca do cacete e não sabia manter o controle, mas conseguiu se conter. Não ia adiantar nada deixá-lo ainda mais nervoso.

– Tenho um contato na polícia que me deve muitos favores. Vou falar com ele. Só te peço para ter um pouco de calma.

Olavo não disse mais nada e desligou o telefone.

Antes de voltar à sala de reuniões, foi até o seu gabinete, abriu a caixinha de marfim guardada a chave e inalou duas fileiras generosas de cocaína.

– *O dia hoje tá foda!*


No dia seguinte, às oito horas da manhã, Siqueira chegou ao hospital para interrogar Maurina que, embora ainda estivesse muito abatida, quase não tinha mais hematomas.

Siqueira se deu conta de que se tratava de uma mulher bonita e sentiu-se atraído por ela.

– Você tem ideia do que aconteceu? – perguntou.
– Lembro que dois homens me bateram muito – respondeu Maurina.
– E quem eram eles?
– Não sei. Não consigo me lembrar da cara deles.

– E onde você estava?

– Estava em uma casa grande, com piscina. Acho que era uma festa.

– Tinha muita gente? Lembra de mais alguém?

Demonstrando insegurança, Maurina levou as mãos à cabeça.

– Estou tentando, mas não consigo.

Siqueira mostrou a ela uma foto de Anete.

Pelo jeito com que Maurina olhou para a foto, pareceu reconhecê-la.

– Você trabalhava para ela, em uma confecção em Copacabana.

Nesse momento, Herculano chegou e apertou a mão de Siqueira.

Ao vê-lo, Maurina começou a chorar.

O policial resolveu fazer uma pausa e convidou Herculano a acompanhá-lo.

Foram tomar um café em um botequim do outro lado da rua.

Siqueira disse a Herculano que tinha motivos para suspeitar de que sua cunhada fazia trabalhos como garota de programa e que a agressão que sofrera poderia ter relação com essa atividade.

O relato do policial não deixou Herculano surpreso.

Siqueira acrescentou que os programas eram agenciados pela dona da confecção e que, considerando o que havia acontecido com Anete, temia pela segurança de Maurina.

– Seria melhor que ela não voltasse para o apartamento de Copacabana – disse Siqueira.

Herculano coçou a cabeça.

– Talvez seja melhor que ela vá para a minha casa.

– Boa ideia. Ela pode estar correndo perigo.

Antônio levantou-se para fazer sua higiene matinal antes de ir para o escritório, sem acender a luz do abajur, para não acordar Angélica.

Entrou no banheiro e sentiu uma tonteira muito forte.

Sentiu que ia desmaiar, tentou evitar a queda agarrando-se à pia, mas não conseguiu.

Caiu sentado, batendo a parte posterior da cabeça contra a porta de vidro do box.

Angélica despertou assustada com o barulho e encontrou o marido desmaiado, com o couro cabeludo sangrando bastante, devido a um corte na região occipital.

Telefonou para o Dr. Pedro Castro, médico da família há algumas décadas, para contar o que tinha acontecido.

O médico disse que enviaria uma ambulância para levá-lo para a emergência do Hospital Copa Star e o aguardaria lá.

Quarenta minutos depois, Antônio chegou ao hospital e foi internado na unidade de terapia intensiva.

Angélica ficou aguardando na recepção.

Uma hora depois, o médico veio falar com ela que Antônio ainda não havia recuperado os sentidos, mas que estava bem do ponto de vista cardiovascular.

Seria necessário aguardar até que ele estivesse em condições de ser submetido a uma investigação mais rigorosa, que incluiria uma ressonância magnética.

Angélica ligou para o celular de Patrícia, que não respondeu.

Deixou uma mensagem pedindo que a filha entrasse em contato com ela logo que fosse possível.

Patrícia tinha esquecido o celular em casa e só ouviu a mensagem quando voltou da aula de balé.

Telefonou para Angélica e disse que iria ao encontro dela.

Tomou um banho rápido e, quando estava se enxugando, Cesar entrou no banheiro.

Vendo a mulher nua, abraçou-a por trás, segurando os seus seios e Patrícia sentiu que ele estava excitado.

– Cesar, agora não. Meu pai está no hospital e eu preciso vê-lo.

O marido não levou em conta o que ela disse e tentou penetrá-la.

Com um movimento brusco, desvencilhou-se dele.

– Porra, Cesar, quando é que você vai começar a me respeitar?

Tomado de surpresa pela reação dela, que não era de dizer palavrões, Cesar se indignou.

– Vai dar uma de difícil para cima de mim? Esqueceu que sou teu marido e tenho meus direitos?

Tentou beijá-la e Patrícia sentiu um cheiro residual de álcool no seu hálito.

– Nem vi a que horas você chegou ontem.

Cesar não deu ouvidos a ela.

Sem dificuldade, pegou-a no colo, empurrou a porta do banheiro com os pés e colocou-a sobre a cama.

– Não acredito que você vai fazer isso comigo!

Cesar estava ainda mais excitado.

Com um braço, prendeu os braços da mulher acima da cabeça e, com o outro, tentou afastar suas pernas.

Patrícia começou a chorar e, quase em tom de súplica, disse:

– Não quero ser estuprada.

Ao ouvir isso, Cesar caiu em si.

Recordou-se do que havia acontecido com Maurina e saiu de cima dela.

Patrícia levantou-se rapidamente, trancou-se no banheiro e telefonou para Angélica.

Contou-lhe o que havia acontecido e pediu que ela mandasse Herculano buscá-la.

Angélica teve vontade de ir também, mas não queria se afastar do hospital. A qualquer momento, poderia ter notícias de Antônio.

Vinte minutos depois, o interfone da casa de Patrícia tocou. O porteiro disse à copeira que o motorista aguardava dona Patrícia. Cesar estava na sala, fumando um cigarro após o outro.

Patrícia passou por ele sem dizer nada, mas ouviu quando ela disse à cozinheira que nem ela nem as meninas almoçariam em casa.

A ideia de que Patrícia pudesse estar considerando a possibilidade de deixá-lo cruzou sua mente e ele não gostou nada daquilo.

Resolveu ir atrás dela, mas, como estava de cueca, teve que ir até o quarto vestir uma calça e uma camisa às pressas.

Herculano preparava-se para colocar o Audi em marcha quando Cesar se aproximou da janela traseira do carro.

Bateu no vidro, mas Patrícia nem olhou para ele e disse a Herculano para seguir em frente.

Herculano obedeceu e, vendo a figura transtornada de Cesar pelo retrovisor, teve um pressentimento de que algo ruim estava para acontecer e, sem que pudesse explicar, sentiu que ele também seria afetado.

Vendo o carro se afastar, a face de Cesar se crispou e ele fechou o punho direito, lamentando não haver alguém próximo em que ele pudesse descontar a raiva que sentia naquele momento.

Angélica aguardava a filha na recepção do hospital.
Patrícia teve uma crise de choro ao abraçá-la.
Quando conseguiu falar, disse que não suportava mais ficar casada com Cesar.
– Estou cansada de ser desrespeitada. Não dá mais. Quero o divórcio.

As palavras da filha não foram surpresa para Angélica, que tinha consciência de que isso iria acontecer. Em seu íntimo, sabia que era apenas uma questão de tempo.

– *Logo agora que Antônio está fora de combate* – pensou.

– Vamos ter um pouco de calma, minha filha. Tudo vai se resolver.

– Estou com medo, mamãe. Ele está ficando violento comigo.

Angélica não gostou do que ouviu.

– Como assim? Ele não é louco de encostar a mão em você.

– Não sei mais quem é o Cesar. Não o reconheço mais.

Angélica sentiu um aperto no peito vendo a filha daquele jeito.

Patrícia era sempre tão controlada, tão reservada...

Não contava que as coisas tomassem aquele rumo tão rapidamente.

– *A gente nunca sabe o que se passa de verdade entre um casal.*

Patrícia combinou com a mãe que Herculano pegaria as meninas no colégio e as levaria para a casa dela.

Precisava de alguns dias para se refazer antes de ter uma conversa séria com o marido.

Chegando ao escritório, Cesar ligou para Olavo.

Disse a ele que precisava do contato para comprar pó.

Olavo, que estava acostumado a vê-lo cheirar somente durante as festinhas da Irmandade, brincou:

– Então, está tomando gosto pela coisa ou vai a alguma festa sem me convidar?

O confrade não estava para brincadeiras.

– Que festa, nada. A minha mulher resolveu me encher o saco.

– É, meu amigo. Casamento é uma merda!

Olavo deu a Cesar o nome do contato e pediu a ele que o avisasse quando recebesse o material.

Mal desligou o telefone, e o número de Djalma apareceu no visor.

Olavo deu mais uma volta no elástico que trazia amarrado no pulso e atendeu a chamada.

As notícias não eram nada boas.

O contato que ele tinha na polícia tinha apurado que Siqueira já tinha estabelecido uma ligação entre Maurina e Anete e que, continuando naquela linha de investigação, poderia chegar a ele e aos outros membros da Irmandade.

Como de hábito, Olavo ficou furioso.

– Porra, Djalma! O que você pode fazer para me ajudar?

– Vou tentar conseguir mais informações.

– Esse Siqueira, qual é a dele? Não dá para soltar uma grana?

Djalma coçou a cabeça.

– Esse cara é caxias. Ele se acha policial de filme americano.

Olavo elevou o tom de voz.

– Com tanto policial desonesto nessa merda desse país, tinha que ser esse cara o responsável pela investigação?

– Calma, Olavo.

– É fácil, para você, dizer para eu me acalmar. Não é o seu cu que está na reta.

Djalma estava ficando cansado das grosserias de Olavo e temia que, um dia, iria perder a paciência com ele.

Respirou fundo e ouviu sua própria voz pensando alto.

– *Urubu, quando está de azar, o de baixo caga no de cima.*

– Olavo, está me ouvindo?

– Olavo?

O advogado estava tão transtornado que não conseguia responder.

– Sei que você está preocupado e te dou razão, mas acho que seria bom falar com os seus amigos o que está acontecendo. Essa confusão pode chegar neles.

Ele não tinha pensado nisso. O pessoal da Irmandade ia ficar puto com ele.

Após alguns segundos, Olavo voltou à conversa.

– Não sei se é uma boa. Quem teve a ideia de dar um susto na cafetina fui eu. E você me colocou nessa rabuda por não saber escolher seus capangas.

Djalma, que gostava de se referir às pessoas que trabalhavam com ele como "funcionários", não gostou de ouvir aquilo, mas engoliu em seco. Naquele ponto, Olavo tinha razão.

– Vê se consegue mais informações desse tal de Siqueira e, o mais importante, o que tivermos que fazer daqui pra frente, vê se faz bem-feito.

Djalma não disse mais nada e desligou o telefone.

A primeira ideia que lhe veio à mente era que tinha que dar um sumiço em Miguel.

Se a polícia botasse a mão nele, ele iria falar. Disso não tinha dúvida.

Mas tinha que fazer direito.

E a mulher dele não poderia nem desconfiar do que iria acontecer ao afilhado dela.

Eram cinco horas da tarde quando o Dr. Pedro Castro, acompanhado do chefe do Serviço de Neurologia do Hospital Copa Star, chamou Angélica para conversar.

Ela fez questão de ir só, deixando Patrícia na recepção do hospital.

A ressonância magnética tinha mostrado um tumor cerebral, o que obrigava Antônio a ficar internado por tempo indeterminado, para poder ser submetido a uma biópsia que seria importante para decidir o tratamento mais adequado no caso dele.
Angélica, ao ouvir aquilo, sentiu o chão faltar sob seus pés.
Amparada pelo médico, sentou-se em uma poltrona e começou a chorar.
– Como é que uma coisa dessas pôde acontecer com ele?
Se havia no mundo alguém que não merecia isso era seu marido.
O médico percebeu que seria melhor deixá-la só por alguns instantes e foi ao encontro de Patrícia.
Pela expressão que ele trazia no rosto, ela percebeu que as notícias não eram boas.
Ele pediu que ela conversasse com Angélica.
Levando em conta que Antônio ficaria internado, eles teriam muito tempo ainda para conversar.

Às sete horas da noite, Herculano aguardava Angélica e Patrícia na recepção do hospital.
Já tinha deixado Natália e Clara na casa dos patrões, conforme tinha sido combinado.
Levando em conta que Antônio permaneceria em coma induzido, de nada adiantaria permanecer no hospital.
Pegaram um trânsito denso em Copacabana e Ipanema e, quando chegaram ao Leblon, já eram quase oito horas da noite.
Herculano deixou as duas na porta da casa e foi estacionar o carro.
Quando Patrícia entrou na sala de estar, levou um susto ao ver Cesar conversando com as filhas.
Natália estava sentada no colo dele.

Cesar levantou-se para beijar Patrícia, mas ela o evitou.
– Vamos voltar para casa – disse ele.
– Nós vamos ficar aqui hoje.
Antes que Cesar pudesse dizer mais alguma coisa, Patrícia contou o que tinha acontecido com Antônio.
– Não quero deixar minha mãe sozinha.
Angélica entrou na sala e perguntou a Cesar se ele ficaria para o jantar.
Ele disse que não poderia, porque tinha alguns relatórios para examinar e vários e-mails para responder.
Patrícia respirou aliviada.
Cesar despediu-se das meninas e pediu a ela que o acompanhasse até o carro.
Sentindo sua mulher muito distante, tentou beijá-la no rosto. Mais uma vez, ela se esquivou.
– Não sei mais quem é você – disse ela.
– Como assim?
– Que você me chifra eu já sei há muito tempo.
Cesar fez menção de interrompê-la, mas ela continuou em tom de desabafo.
– Mas você está ficando violento. E isso eu não vou aceitar.
– Você não está pensando besteira, está?
– Na semana que vem vamos falar do nosso divórcio.
– E quem te disse que eu concordo com isso?
– Você não tem que concordar.
Patrícia ainda via diante dela o mesmo homem bonito com quem se casara, mas alguma coisa dentro dela tinha mudado. Talvez o elo da atração física tivesse se rompido e ela sentia que não era mais a mesma.
Cesar perguntava-se o que teria acontecido para operar aquela mudança no comportamento dela.

Sua mulher sempre fora uma mosca-morta, nunca se metera de verdade na vida dele. Mesmo no tempo dos desfalques, das falcatruas, ela parecia acreditar na sua inocência. Um divórcio iria afetar drasticamente seu padrão de vida e ele não estava gostando da ideia.

– A gente se fala – disse Patrícia se afastando.

Sentindo que sua paciência para lidar com aquela situação estava se esgotando, Cesar segurou-a pelo braço.

– Você não vai me querer como seu inimigo, não é?

– Claro que não. Você continuará sendo o pai das minhas filhas.

A atitude de Patrícia fez com que a raiva tomasse conta de Cesar e, instintivamente, ele começou a apertar o braço dela.

– Me solta! Você está me machucando!

Cesar, que não conseguia dizer nada, aumentou a pressão.

– Você vai me deixar marcada!

– Solta ela, doutor!

A voz de Herculano pegou os dois de surpresa.

Instivamente, Cesar soltou o braço dela e caminhou na direção de Herculano com o dedo em riste.

– Quem você pensa que é, para falar comigo assim? Sai daqui, isso é assunto entre marido e mulher.

– Não sou mais sua mulher – disse Patrícia.

– Isso nós vamos ver.

Herculano mantinha-se impassível.

Cesar voltou-se contra ele.

– Tá vendo, seu merda? Isso é culpa sua. Não tinha nada que se meter aqui.

Herculano notou que Cesar estava muito próximo de perder o controle e disse à Patrícia:

– Vai ficar com as suas filhas. Deixa que eu acompanho o Dr. Cesar até a porta.

As palavras dele desestabilizaram Cesar por completo.

– Seu filho da puta!

Cesar partiu para cima de Herculano com a intenção de agredi-lo com um soco no rosto.

Herculano esquivou-se e agarrou-o pela cintura.

– Não quero machucar o senhor. Por favor, se acalma.

Os gritos de Patrícia, transtornada pela cena que presenciava, fizeram com que Herculano se distraísse e Cesar se aproveitou desse instante para atingi-lo com uma cotovelada, que abriu um corte no seu supercílio direito.

Herculano teve que soltá-lo e Cesar se aproveitou desse momento para tentar acertar-lhe um chute na barriga.

Agindo por reflexo, Herculano deu um passo para trás, segurou o pé de Cesar e jogou-o para cima, fazendo com que ele caísse estatelado no chão.

Ato contínuo, Herculano montou nele e já se preparava para aplicar-lhe um estrangulamento, quando Patrícia puxou-o pela gola da camisa, pedindo que ele parasse.

Quando Herculano se levantou, Cesar permaneceu caído. Na verdade, ainda estava sem entender como tinha sido superado por um oponente bastante inferior a ele no que dizia respeito aos atributos físicos.

A briga tinha atraído os empregados da casa.

Lucas, atônito, não sabia se cuidava de Herculano, que sangrava bastante, ou se ajudava Cesar a se levantar.

Cesar recompôs-se sozinho, ainda bastante surpreso com o que havia acontecido, entrou no seu carro e foi embora sem dizer uma palavra.

Herculano foi levado à cozinha por Aparecida, que logo providenciou uma compressa gelada para colocar sobre o corte.

Do carro, Cesar telefonou para Olavo e lhe contou o que havia acontecido.

O advogado custou a acreditar no que tinha ouvido.

– Essa não! Como é que você foi se envolver em uma briga com o motorista? Ficou maluco de vez?

– Perdi a cabeça. Se a Patrícia quiser mesmo o divórcio, vou sair no prejuízo.

– As coisas não são assim. Você pode exigir uma pensão dela.

– Não sei se consigo. E não sei estou certo de que devo partir para o litígio.

– Faz o seguinte: vem para cá. Vou chamar umas amigas, que você vai gostar e amanhã, com calma, vamos pensar no que fazer.

Cesar concordou.

– Você não me disse como ficou o motorista. Você deve ter atropelado ele.

Envergonhado por ter sido subjugado por Herculano, Cesar disse:

– Não deu tempo. Os empregados separaram a briga.

– Ainda bem. Esse cara poderia te processar por agressão.

– A gente se fala quando eu chegar aí – disse Cesar, encerrando a conversa.

Enquanto as meninas jantavam, Patrícia e Angélica conversavam.

– Meu Deus! Não poderia imaginar que as coisas escapariam ao nosso controle dessa maneira – disse Angélica.

– E com o papai internado, como vamos ficar? Tenho medo do que o Cesar possa fazer.

– Tenho que estar bem cedo no hospital amanhã e não quero te deixar sozinha.

Patrícia não tirava os olhos dela, demonstrando preocupação.
– Tive uma ideia – disse Angélica, gesticulando com o indicador da mão direita. Vou pedir ao Herculano para dormir aqui hoje.
– Que isso, mamãe? Ele é casado e acho que a mulher dele está grávida.
– Vou resolver isso.

Angélica pediu para chamar Herculano e, quando ele chegou, ainda segurava a compressa sobre o ferimento no supercílio. Pediu para ver o corte e achou que seria preciso suturá-lo.

Telefonou para o Dr. Pedro e combinou que Herculano seria examinado no serviço de emergência do Hospital Copa Star.

Herculano tentou argumentar, dizendo que poderia procurar o Miguel Couto, mas Angélica se manteve irredutível.

Ficou combinado que Lucas o acompanharia, já que Herculano não estava em condições de dirigir.

Angélica pediu que ele passasse a noite lá e Herculano concordou.

– Só preciso avisar minha mulher.
– Claro. Liga para ela.

Herculano tirou o celular do bolso da calça.

– Ela está grávida?

Herculano assentiu.

– De seis meses.
– Menino ou menina?
– Ela prefere não saber. Quer ter a surpresa no dia.

Herculano pediu licença para se afastar e ligou para Altina. Sem mencionar o que havia acontecido com ele, contou que Antônio estava internado e que ele passaria a noite lá, porque iria levar Angélica muito cedo ao hospital.

Altina disse que ficaria bem e disse que Maurina tivera alta e estava na casa deles.

Se, por um lado, Herculano gostou de saber que sua mulher não ficaria sozinha, por outro ficou preocupado ao se lembrar do que o Siqueira havia lhe dito sobre a confusão em que sua cunhada se metera.

Do táxi, indo para o hospital, Herculano ligou para Siqueira. O policial lhe disse que aconselhou Maurina a ir para a casa dele, acreditando que lá ela ficaria mais segura.

Herculano perguntou se Maurina deu o endereço dele quando teve alta e Siqueira respondeu que fazia parte do processo de alta os pacientes informarem onde poderiam ser localizados, ainda mais em um caso de agressão, como o dela.

Herculano coçou a testa.

– Fico preocupado que alguém vá atrás dela.

– Vou dar uma passada na sua casa, amanhã ou depois, para ver se ela se lembra de mais algum detalhe.

Herculano estava inquieto com o curso dos acontecimentos, mas sabia que de nada adiantaria ficar preocupado.

Os bons lutadores sabem que não devem desperdiçar energia. É preciso guardá-la para ser usada no momento certo.


Após mais uma noite regada a cocaína e mulheres, Cesar e Olavo resolveram tomar o café da manhã em uma lanchonete no final do Leblon, dessas que têm mesas na calçada.

Enquanto Cesar, sempre preocupado com a forma física, pediu um café preto com um sanduíche de queijo minas no pão integral, Olavo pediu um cappuccino, suco de laranja, ovos, bacon, torradas e geleia.

No momento em que ambos olhavam para uma mulher bonita, que acabara de sair de uma academia de ginastica próxima à lanchonete, o celular de Olavo tocou.

Djalma disse-lhe que tinha duas notícias.
Olavo escolheu ouvir a boa primeiro.
– Pode esquecer do Miguel. Não vai mais fazer nenhuma burrada.
– Tem certeza?
– Absoluta. Serviço de profissional.
– E a notícia ruim?
– A Maurina teve alta e está na casa da irmã.
-- Você consegue o endereço?
– Claro. Hoje mesmo.
– Ótimo. É bom começar a ver uma luz no fim do túnel. Antes, eu não estava vendo nem o túnel.
– Ela vai ter o mesmo destino do teu funcionário?
Djalma gostou de Olavo não ter usado o termo capanga.
– Não sei. Primeiro temos que descobrir o que ela sabe. Vai ver ela está sequelada, não lembra de porra nenhuma. Como eu já te disse, não adianta se precipitar.
– Já pensou em alguma coisa?
– Pensei em mandar dois funcionários meus baterem um papo com ela.
– Mas quem está cuidando do caso não é aquele tira que é todo certinho?
– É, mas ele não precisa saber. Vou dar meu jeito.
Após desligar o celular, Olavo comentou com Cesar que a questão da garota que eles espancaram estava se resolvendo e não ia sobrar nada para eles.
– Ainda bem. Minha cota de aporrinhações já está completa – disse Cesar.

Às 8h30 da manhã, Herculano deixou Angélica na porta do hospital.

Apesar de ter levado cinco pontos na noite anterior, sentia-se bem-disposto e em perfeitas condições de desempenhar suas tarefas habituais.

Dr. Pedro disse que Antônio seria retirado do coma induzido nas próximas horas e transferido para um quarto particular.

A biópsia seria agendada para os próximos dias para que o tratamento adequado, cirúrgico ou clínico, pudesse ter início.

Angélica decidiu permanecer no hospital e disse a Herculano que voltasse para a casa dela, para atender à Patrícia e às meninas.

Herculano encontrou Patrícia na varanda, com aparência de quem não havia dormido bem.

Combinaram que ele deixaria as meninas no colégio e, depois, voltaria para buscá-la na hora do almoço.

Nesse meio-tempo, poderia ir em casa para ficar um pouco com Altina.

Ao chegar à casa, Herculano encontrou as duas irmãs conversando.

Altina parecia bem, mas Maurina ainda estava muito abatida, tanto física quanto psicologicamente.

Ainda não tinha se passado meia hora, quando o porteiro avisou, pelo interfone, que dois homens estavam perguntando por Maurina e queriam subir até o apartamento.

Herculano disse que ia descer para falar com eles.

Antes de entrar no elevador, telefonou para Siqueira e lhe contou o que estava acontecendo.

O inspetor achou a situação bastante estranha, já que o responsável pela investigação era ele. Disse a Herculano que tentasse retê-los o máximo de tempo possível e que ele iria para lá naquele instante.

Chegando à portaria, Herculano se deparou com os homens que tinham se identificado como policiais.

Um deles era baixo e musculoso, vestia uma jaqueta de couro, usava óculos escuros e tinha os cabelos quase raspados.

O outro era mais alto e mais pesado, vestia uma calça jeans e usava uma camisa folgada, para fora da calça.

Herculano apresentou-se como cunhado da mulher que tinha sido agredida e eles disseram que precisavam interrogá-la.

Notando que havia uma certa agressividade na atitude deles, Herculano disse que seria necessário aguardar um pouco, porque Maurina estava sendo avaliada por um médico.

Os homens entreolharam-se e o mais baixo perguntou:

– Quanto tempo?

– Uns vinte minutos.

O mais alto passou a mão na cabeça, visivelmente contrariado, e fez sinal para que o outro se sentasse no sofá da portaria.

Herculano sentou-se em uma cadeira em frente a eles. Após alguns minutos de silêncio total, Herculano perguntou:

– Por que o interesse de vocês na minha cunhada?

Nenhum deles respondeu de imediato.

– Por que você quer saber? – perguntou o mais baixo.

– Porque já tem um policial cuidando do caso.

– E daí? Quanto mais gente estiver envolvida, melhor – disse o mais alto.

Vocês não me disseram onde trabalham – insistiu Herculano.

– Vamos acabar com esse papo e vamos direto ao que interessa – disse o mais alto se levantando.

Herculano permaneceu sentado.

Virando-se para o seu colega, disse.

– Vamos subir.

Herculano levantou-se e postou-se em frente a eles.

O policial mais baixo disse, com um tom bastante ameaçador:
– Sai da frente.

Sentindo que o clima ia esquentar e sabendo que eles estavam armados, Herculano não sabia o que fazer.

Quando o homem se preparava para tirá-lo do caminho, a voz de Siqueira pegou todos de surpresa:
– Um momento!

Tirando o distintivo do bolso interno do casaco, apresentou-se aos dois homens como o responsável pela investigação do caso.

Surpresos, os dois se viram na obrigação de fazer o mesmo.

Siqueira verificou que ambos estavam lotados em uma delegacia na Baixada Fluminense e achou isso muito estranho.

O homem mais alto disse que tinham recebido ordens de interrogar Maurina.

Siqueira perguntou de quem tinha partido a tal ordem e ele não soube dizer.

– Só me resta ligar para o meu superior para esclarecer o que está havendo.

Sentindo que a situação escapara ao controle deles, o homem mais alto disse que, já que o responsável pelo caso estava ali, eles não precisariam mais falar com a testemunha. Além disso, tinha sido instruído por Djalma para não exagerar. A missão ali era só intimidar.

Siqueira anotou o registro policial dos dois homens, que saíram em seguida.

Com cara de poucos amigos, disse:
– Não sei se a sua cunhada está segura aqui.

Herculano assentiu.

– Você tem outro lugar onde ela possa ficar?
– Tenho que pensar.
– Seria bom.

– Minha sogra mora sozinha em Marechal Hermes, mas tem muitos problemas de saúde.

Siqueira mantinha no rosto a expressão preocupada.

– Tenho família no Rio Grande do Norte.

– Não acho uma boa ela sair do Rio agora. Não só pela segurança, mas porque ela é uma testemunha importante, ainda mais se recuperar a memória.

Nesse momento, o celular de Herculano tocou.

Patrícia queria confirmar o horário em que ele iria buscá-la no início da tarde.

Herculano disse que havia surgido um problema que ele precisava resolver e pediu um pouco mais de tempo.

Sentindo preocupação na voz dele, Patrícia concordou.

Combinaram que ele ligaria para ela quando estivesse saindo de casa.

Ao desligar o telefone, Herculano disse a Siqueira:

– Estou com um pressentimento ruim. Tenho certeza de que a minha cunhada não está segura aqui. Deus me livre de acontecer alguma coisa com ela ou com a minha mulher.

– Tem razão. A gente tem que pensar em alguma solução.

Os dois homens despediram-se com um aperto de mãos.

No caminho para o apartamento de Patrícia, Herculano pensou se não seria melhor ter uma conversa franca com ela ou com Angélica e explicar que estava enfrentando um problema familiar e que não poderia cumprir o horário que havia sido combinado.

Mas, pensando bem, de que adiantaria ele ficar mais tempo em casa?

Ele não teria como proteger sua cunhada o tempo todo e não fazia a menor ideia de com que tipo de gente ela estava envolvida.

O melhor seria levá-la para outro lugar.
– *Mas para onde?*
Seu celular voltou a tocar.

Era Siqueira ligando para dizer que tinha levantado a ficha dos policiais que tinham tentado interrogar Maurina e os caras eram da banda podre.

A informação não surpreendeu Herculano, que teve uma impressão ruim assim que os viu.

Herculano disse a Siqueira que estava bolando um plano para levar a cunhada a um lugar seguro, mas necessitava de algum tempo.

Ao desligar o telefone, estava certo de que o melhor a fazer seria tirar logo Maurina da sua casa. Não havia alternativa.

Djalma achou melhor não contar a Olavo o que tinha se passado na casa de Herculano.

De nada adiantaria deixá-lo irritado e ouvir mais desaforos.

Por outro lado, ele é que estava começando a ficar inquieto com aquela situação.

Fizera uma pesquisa e descobrira que Siqueira, além de ter a reputação de ser honesto, ainda tinha um padrinho na cúpula da polícia, ou seja, tinha as costas quentes.

Para um cara como ele, não seria muito difícil elucidar o que acontecera com Maurina e chegar até os responsáveis.

Olavo, Cesar e os demais membros da Irmandade não sabiam o risco que estavam correndo.

Herculano notou que a filha da patroa estava com cara de choro.
– Está tudo bem?
Ela tentou responder, mas as lágrimas foram mais rápidas.

Herculano encostou o carro, pegou alguns lenços de papel no porta-luvas e os colocou na mão dela.

Após alguns instantes, já recomposta, ela respondeu:

– Não está nada bem. Meu casamento acabou, meu pai está doente, parece que a minha vida está desabando.

– Pensa nas suas filhas. Elas precisam muito da senhora.

Patrícia assentiu.

– Eu sei. Tenho que ser forte mas te confesso que, nesse momento, está difícil.

– Sem luta não se vive.

– O quê?

– Era o que dizia meu avô.

– Ele tinha razão. Mas só descobri isso há pouco tempo.

– A senhora vai superar essas dificuldades.

– Queria ter certeza disso.

– Vai, sim. A senhora é da raça dos fortes.

– E como é que você sabe disso?

– Pelos seus olhos. A senhora mostra isso no olhar.

Mais uma vez seus olhares se encontraram e Patrícia voltou a se sentir bem na companhia dele e se perguntou se o que ele despertava nela era só segurança ou se havia algo mais.

Sentiu vontade de abraçá-lo, mas, naquele momento, havia muito mais do que o banco do carro a separá-los.

Quando o carro parou na entrada do hospital, Herculano acompanhou Patrícia com o olhar enquanto ela se dirigia à recepção.

Naquele instante, sentiu mais que um desejo, uma verdadeira obrigação de protegê-la e não entendia o porquê.

Apesar de tê-la conhecido há tão pouco tempo, estava certo de que havia um sentido maior naquele encontro, que só o desenrolar dos acontecimentos poderia explicar.

Antônio já havia sido transferido para um quarto particular.

Patrícia notou que seu pai, que dormia profundamente, estava muito pálido, mas aparentava serenidade.

Angélica, que dormira muito mal na noite anterior, lhe disse que a biópsia estava marcada para o dia seguinte.

– Como você está? – perguntou Patrícia.

Angélica segurou a cabeça entre as mãos por alguns instantes antes de responder.

– Estou preocupada com seu pai, com você, com minhas netas.

Patrícia beijou a mãe na testa.

– Essa separação não me pegou de surpresa. Sei que você não está feliz e não é de hoje, mas alguma coisa te prendia ao Cesar.

Patrícia permaneceu em silêncio.

– Sei que a relação entre homem e mulher é complicada e nunca me meti na vida de vocês mas, francamente, acho que você merece coisa melhor.

Patrícia ia dizer que, dessa vez, ela estava decidida de verdade a levar adiante a separação quando Antônio começou a balbuciar algumas palavras.

As duas rapidamente se aproximaram de seu leito e se emocionaram quando ele abriu os olhos.

– Meu amor, você acordou – exclamou Angélica.

Antônio parecia ter dificuldade em focar as imagens, mas reconheceu a filha.

– Patrícia, é você?

– Sou eu, papai. Estamos aqui com você.

Antônio virou-se para Angélica e segurou a mão dela.

– Vou avisar o Dr. Pedro que você acordou.

Ele continuou segurando a mão da mulher.

– Espera um pouco. Deixa eu olhar para você.

Angélica sorriu.

Seu sorriso a fez voltar no tempo, quando era adolescente.

Sempre quisera ter um homem que fosse só seu e Antônio realizou seu desejo.

Ao longo das décadas em que estavam juntos, sentia que seu marido era totalmente dela, tinha certeza de que o conhecia como ninguém e de que ele continuava apaixonado como no dia em que se casaram.

Ela não podia dizer o mesmo.

Nunca acreditou em paixão.

Ainda criança, viu seu pai sair de casa para viver com uma mulher mais jovem, com a qual tinha se envolvido.

O desespero da mãe foi um antídoto contra qualquer possibilidade de vir a se apaixonar.

Seu desejo foi ter uma relação sólida, um casamento que durasse para sempre, sem grandes turbulências.

E Antônio foi o parceiro ideal, que soube conduzi-la através da vida. Cercou-a de amor, de carinho, de cuidados e fez dela a sua bússola.

Talvez fosse essa a imagem que poderia resumir seu casamento: uma dança permanente, através de diferentes salões, que lhe permitiu conhecer pessoas e lugares novos, mas sempre guiada por ele.

Agora a vida a colocava em uma situação difícil, já que tinha que enfrentar a doença do marido e, ao mesmo tempo, estar ao lado da filha, que estava prestes a entrar em uma batalha para resgatar seu direito a refazer a vida, para sair de uma relação que a deixava muito infeliz.

Era nisso que pensava quando o Dr. Pedro entrou no quarto.

Demonstrando a satisfação que sentia por ver Antônio acordado, disse:

– E então? Vamos conversar um pouco?

Antônio sorriu.

O médico explicou que a biópsia estava marcada para o dia seguinte e que, dependendo do resultado e de suas condições clínicas, em dois dias, no máximo, ele poderia ir para casa.

Antônio assentiu, mas não disse nada.

O Dr. Pedro pediu licença e disse que iria até o posto de enfermagem fazer algumas alterações na medicação dele.

Vendo que o pai ainda estava bastante sonolento, Patrícia fez sinal para que Angélica a acompanhasse até a outra parte da suíte e disse:

– Como é que nós vamos poder cuidar do papai nessa fase que estamos vivendo?

– Como assim?

– Eu praticamente me mudei para a casa de vocês com as meninas.

– E daí?

– Ele vai precisar de cuidados, de repouso, de tranquilidade.

– Claro que vai. E nós vamos fazer tudo o que estiver ao nosso alcance. Podemos montar um *home care* em casa. Qual é a sua preocupação?

– Nós estamos sozinhas. Não temos ninguém para nos proteger.

– Um homem, você quer dizer?

Patrícia assentiu.

– Tenho medo do que o Cesar possa fazer. Ele sempre teve reações violentas.

– Mas se você está realmente decidida a deixá-lo, não vai voltar atrás.

– Posso te falar o que está passando pela minha cabeça nesse momento?

– Claro.

– Por que não alojamos o Herculano na nossa casa?

– Mas a mulher dele não está grávida?

– Está, mas ela pode ir também. Espaço é o que não falta.
– Será que ele vai concordar?
– Não sei. Vamos falar francamente com ele.
Angélica demonstrava insegurança.
– Não sei, minha filha. Acabamos de conhecer esse rapaz. Não estamos indo rápido demais?
– Confio nele, mamãe. Não posso explicar, mas me sinto segura na presença do Herculano.
– Pode ser. Vou conversar com ele.
Patrícia já havia dispensado Herculano.
Combinaram que ele iria pegá-la na casa dos pais no dia seguinte para levar as meninas ao colégio e deixá-la no hospital.

Na manhã seguinte, enquanto Herculano tomava o café da manhã, Maurina sentou-se ao lado dele.
Altina ainda dormia.
Vencendo uma certa hesitação, disse a ele que lembrava de ter sido agredida.
Herculano perguntou se ela saberia dizer quem eram os agressores.
Ela disse que não se lembrava dos nomes, mas que poderia tentar descrevê-los.
Herculano pensou que Siqueira poderia conseguir que fossem feitos retratos falados dos agressores e ligou para ele.
O policial disse que iria buscar Maurina para levá-la até a delegacia.
Olhando fixamente para a cunhada, Herculano pensou que o fato de vê-la recuperar a memória era um bom sinal, mas também era preocupante, levando em conta que ele não fazia a menor ideia de com que tipo de gente havia se envolvido.

– Você lembra do que estava fazendo lá?

Maurina baixou o olhar.

– Não precisa ter medo nem vergonha. Quanto mais eu souber, mais vou poder ajudar.

– Era uma festa com poucos homens. Eu fui contratada para fazer companhia a eles.

– Companhia como?

Maurina voltou a desviar o olhar.

– Eu comecei a fazer alguns programas para ganhar dinheiro.

– E você lembra quem agenciava os encontros?

O rosto de Anete apareceu nítido na lembrança dela.

– Era a dona da confecção. Só não lembro o nome dela.

– Anete.

– Isso mesmo. Você tem notícias dela?

Herculano hesitou.

Não achou que era o momento de dizer que ela havia sido assassinada.

– Acho que ela saiu do Rio. Não tenho certeza.

Maurina notou que Herculano parecia estar escondendo alguma coisa.

Ele foi mais incisivo:

– Fala sério comigo. Você já está recuperando a memória, não está?

Maurina voltou a baixar o olhar.

Herculano insistiu:

– Qual é o problema? Você não acha que isso é bom?

Maurina manteve-se calada.

Herculano levantou-se da mesa e voltou com um copo de água.

Após dois goles, Maurina disse:

– Tenho medo de lembrar de tudo.

– Por quê?

– Posso me dar mal nessa história.
– Eu entendo, mas posso te falar uma coisa?
Maurina fez que sim com a cabeça.
– Esses caras já estão de olho em você. Não dá para voltar atrás.
As cenas da agressão voltaram à mente dela, dessa vez mais claras.
– Os dois caras que me bateram, um era careca e gordo e o outro era alto e forte.
– E você lembra por quê?
– Acho que eles queriam me comer ao mesmo tempo.
Herculano não conseguiu esconder a revolta.
– Caramba, como é que você foi se meter com essa gente?
– Eu precisava da grana.
Ouvindo o relato da cunhada, Herculano se deu conta de que, às vezes, as formas que deveriam ser as mais fáceis de ganhar dinheiro acabam se tornando as mais difíceis.
– Tenho que ir trabalhar. O Siqueira vai passar aqui para te levar até a delegacia. Você pode fazer um retrato falado deles.
Maurina suspirou.


Conforme tinha sido combinado, Herculano pegou Patrícia e as meninas na casa dela.
Após deixarem as crianças no colégio, seguiram para o hospital.
Patrícia disse a Herculano que deixasse o carro com o manobrista e fosse com ela ao quarto de Antônio.
Antes que ele perguntasse por que, ela disse que Angélica queria falar com ele.
Chegando à suíte de seu pai, que dormia naquele momento, Angélica recebeu Herculano na antessala e pediu que ele se sentasse.

Sem fazer rodeios, disse a ele que ela e Patrícia se sentiriam mais seguras se ele e sua mulher se mudassem para a casa delas, pelo menos até que Antônio estivesse recuperado.

Herculano aceitou a proposta, mas disse que eles teriam que levar, também, sua cunhada, que estava se recuperando de uma agressão sofrida durante um assalto.

– Ela já está bem melhor e vai poder ajudar em alguma coisa.

Angélica concordou.

– Como você sabe, a casa é grande e serviço é o que não falta.

– Só posso agradecer, dona Angélica.

– Não precisa agradecer. Você faz por onde e a família toda gosta de você.

Quando os retratos falados ficaram prontos, Siqueira ficou olhando para eles.

Não fazia a menor ideia de quem seriam os agressores, que agiram, muito provavelmente, sob o efeito de drogas.

– *Como eu gostaria de pegar esses caras. Detesto covardia, ainda mais com mulher.*

Era nisso que pensava quando recebeu uma ligação no celular.

Herculano não escondia a satisfação por ter um lugar que considerava seguro para levar sua mulher e sua cunhada.

Siqueira também gostou da ideia.

Embora a violência não respeite limites na cidade do Rio de Janeiro, não tinha dúvida de que Maurina estaria mais segura vivendo em uma casa de classe média alta na Zona Sul.

Uma semana depois, Herculano, Altina e Maurina já estavam alojados na casa de Antônio.

Herculano cumpria as tarefas habituais, que não se limitavam a dirigir, Altina continuava trabalhando normalmente e Maurina começou a fazer serviços como copeira, instruída por Lucas.

Antônio já tinha iniciado as sessões de quimioterapia e as coisas, de maneira geral, tendiam a se enquadrar em uma nova rotina.

Patrícia e Angélica estranhavam o silêncio de Cesar, que não tinha aparecido nem para ver as filhas, mas estavam gostando dessa trégua, que lhes permitia respirar um pouco, embora não soubessem por quanto tempo.

Djalma foi pessoalmente ao prédio onde Herculano morava e, depois de dar uma gratificação ao porteiro, ficou sabendo que Altina e Maurina tinham sumido havia mais de uma semana e que Herculano continuava aparecendo lá a cada dois ou três dias, pegava algumas coisas no apartamento, verificava a correspondência e ia logo embora.

Siqueira checou as chamadas que Anete fez e recebeu no celular nos últimos dois meses

O número de Olavo aparecia várias vezes.

– *Qual seria a ligação dela com um advogado criminalista?*

Mandou fazer uma pesquisa para ver se havia algum processo correndo na Justiça contra ela e não achou nada.

Consultou alguns contatos e descobriu que Olavo gostava de festas e de mulheres.

Não foi difícil imaginar que o assunto entre ele e Anete poderia tratar-se de agenciar garotas de programa.

Decidiu fazer-lhe uma visita.

Quando a secretária anunciou que havia um inspetor da polícia querendo falar com ele, Olavo pensou em dizer que não estava, mas, pensando bem, estava tão habituado a lidar com policiais na sua rotina diária, que não viu problema em recebê-lo.

Siqueira sentou-se em frente a ele, na mesma cadeira usada por Anete.

Ao mencionar o nome da cafetina, percebeu que Olavo, mesmo sem mexer um só músculo da face, demorou um pouco a processar a pergunta que lhe havia sido feita.

– O senhor está perguntando se eu me lembro dela?

Siqueira assentiu.

– Inspetor, o senhor tem ideia de quantas pessoas me telefonam todos os dias?

Siqueira limitou-se a olhar para ele.

Olavo pegou um dos elásticos que estavam sobre a mesa e o enrolou no pulso esquerdo.

– Honestamente, não me lembro.

– Mas o senhor e ela conversaram várias vezes nos últimos dois meses.

– Pode ser, mas não me lembro.

– O senhor sabe que ela foi assassinada?

– Inspetor, se eu estou lhe dizendo que não tenho a menor ideia de quem seja essa mulher, como posso saber o que aconteceu com ela?

Siqueira tirou um cartão do bolso e colocou-o sobre a mesa.

– Se o senhor se lembrar de alguma coisa, por favor, entre em contato comigo.

Olavo teve vontade de perguntar se ele estava sendo acusado de alguma coisa, mas achou que seria dar bandeira.

– Claro! Tenho sido um fiel colaborador da polícia há muitos anos.

Ao se despedir apertando a mão suada do advogado, Siqueira saiu do escritório desconfiado de que havia alguma coisa errada naquela história e decidido a investigar Olavo.

Assim que ficou sozinho, enquanto preparava uma carreira de cocaína, Olavo telefonou para Djalma e lhe contou da visita que havia recebido.

Como sempre, Djalma tentou acalmá-lo.

Olavo quis saber se Maurina tinha levado o susto que eles haviam combinado e Djalma se viu obrigado a dizer que a chegada de Siqueira tinha frustrado seus planos.

– Porra, Djalma, essa história vai acabar chegando em mim!

Sem acreditar nas próprias palavras, Djalma tentou amenizar a situação.

– Claro que não! Não tem jeito de sobrar para você.

– A gente tem que dar um sumiço nessa mulher.

– Concordo, mas tem que ser na hora certa. Não sei por que esse Siqueira está marcando tão em cima.

– Vai ver que ele está com tesão nela. Só faltava essa!

Cesar rompeu o silêncio e telefonou para Patrícia, dizendo que precisava conversar com ela. Além disso, disse que queria ver as filhas.

Marcaram na casa dos pais de Patrícia em um sábado à tarde.

Como as meninas tinham saído com Angélica e já estavam para voltar, Patrícia recebeu Cesar no jardim.

Ele levou para ela uma caixa de bombons de cereja, seus preferidos, e iniciou a conversa de forma bem calma, dizendo que aquela situação era absurda, que eles se amavam e que tinham que pensar em Clara e Natália, acima de tudo.

Patrícia perguntava-se se havia alguma sinceridade naquilo que ele dizia, buscando no olhar dele alguma pista.

Cesar, pelo contrário, não a olhava diretamente e não conseguia parar de mexer a perna, demonstrando nervosismo.

Patrícia manteve-se firme, afirmando que não havia a menor chance de reconciliação entre eles.

Sentindo que o ambiente começara a ficar pesado, interfonou para a copa e pediu dois cafés.

Nesse momento, Angélica chegou com as meninas, acompanhadas por Herculano, que trazia vários embrulhos.

Cesar olhou de forma ameaçadora para o motorista, que retribuiu o olhar de maneira firme, mas sem demonstrar qualquer provocação. Pareciam dois lutadores no centro do ringue antes de a luta começar.

Patrícia viu a aproximação de Maurina, que trazia os cafés, e fez sinal para que ela colocasse a bandeja sobre a mesa de ferro fundido com tampo de vidro.

Quando Maurina se preparava para pousar a bandeja, levantou o olhar e reconheceu Cesar.

A reação foi imediata.

Deixou a bandeja cair no chão e, enquanto as xícaras e os copos com água mineral se espatifavam, sentiu a urina descer por suas pernas.

Herculano esforçou-se para ampará-la, mas não conseguiu evitar que ela caísse.

Quando conseguiu erguê-la, sem dizer uma palavra, pelo modo como ela olhou para ele, não teve dúvida de que Cesar era um dos homens que a agrediram.

– *O que fazer numa hora dessas?*

O primeiro impulso foi de desmascará-lo na frente de todos. Mas de que adiantaria?

Não tinha provas e, além disso, seria um constrangimento para Patrícia e suas filhas.

Maurina mantinha um olhar vago, não conseguia dizer mais nada, enquanto Herculano a ajudava a se deitar.

Angélica chegou em seguida, preocupada com a cena que acabara de testemunhar.
– O que houve com você, minha filha?
Herculano antecipou-se.
– Não foi nada demais, dona Angélica. Ela ainda está meio fraca.
– Acho melhor chamar um médico.
– Não precisa.
– Será que a pressão dela está baixa?
Angélica pediu à Aparecida que fosse buscar o aparelho portátil de medir a pressão arterial que guardava em seu quarto.

Como a pressão dela estava normal, acharam que seria melhor que ela tomasse um banho e descansasse.

Quando Angélica voltou ao jardim, Cesar já tinha ido embora.

Patrícia disse que já se sentia em condições de pedir o divórcio e, pelo olhar de sua mãe, teve certeza de que era a decisão certa a tomar.

Herculano tentou falar com Siqueira várias vezes, mas o celular dava fora de área.

O policial só retornou as ligações dele no dia seguinte, explicando que tinha passado o dia em Miguel Pereira, resolvendo questões familiares e o sinal lá era ruim.

Herculano lhe contou o que tinha acontecido e disse que gostaria de dar uma olhada nos retratos falados que tinham sido feitos na delegacia de acordo com a descrição da sua cunhada.

Siqueira disse as que fisionomias não tinham ficado muito nítidas, mas que Maurina fora categórica ao afirmar que um dos agressores era louro e alto e outro era gordo e careca.

Essa afirmação fez com que Herculano tivesse ainda mais certeza do envolvimento de Cesar.

Siqueira decidiu investigá-lo, checar com quem ele se relacionava, para quem ligava e que lugares frequentava.

Resolveu que isso seria a primeira coisa que faria no dia seguinte, quando já teria sobre a sua mesa os registros telefônicos de Olavo dos últimos dois meses.

Enquanto isso, Olavo recebia Cesar em seu apartamento de quase mil metros quadrados em São Conrado.

Enquanto tomavam um café na varanda, Olavo comentou com Cesar sobre a visita que tinha recebido de Siqueira.

Nunca tinha passado pela cabeça de Cesar que o incidente envolvendo Maurina pudesse ter maiores consequências.

– A fase está esquisita mesmo. Tem acontecido muita coisa estranha – disse ele.

– Como assim?

– Ontem fui conversar com a Patrícia na casa dos pais dela e uma copeira nova desmaiou na minha frente. É cada uma!

– Assim, do nada?

– É. Olhou para a minha cara e surtou. Será que eu estou começando a assustar as mulheres?

Olavo coçou a cabeça.

– E daí?

– Aquele merda daquele motorista apareceu para socorrê-la.

– Mas você sabe se foi ele que levou essa moça para trabalhar lá?

– Não faço a menor ideia.

– Como é o nome dele?

– Não me lembro direito. É um nome meio diferente.

– Diferente como?

– Pode ser Feliciano, Emiliano ...

– Parece que esse cara está bem entrosado na família ...

– Lembrei: Herculano.

Olavo lembrou que Djalma tinha comentado com ele que o cunhado de Maurina trabalhava como motorista para uma família na Zona Sul.

– *Não é possível...*

Disse que ia ao banheiro e, do seu quarto, telefonou para Djalma.

O miliciano, ao dizer que Maurina estava na casa da sua irmã e do cunhado, que se chamavam Altina e Herculano, confirmou a sua suspeita.

– *Puta que o pariu! Que cagada!* – pensou Olavo, ao desligar o telefone.

Quando voltou à varanda, Cesar notou que sua expressão tinha mudado completamente.

– Preciso te contar umas coisas.

Cesar notou que vinha chumbo grosso, abaixou a cabeça, ajeitou os fartos cabelos que pendiam sobre a testa e disse:

– Manda.

Olavo lhe falou sobre seu envolvimento na morte de Anete. No fim das contas, Djalma tinha agido a pedido dele.

– Estamos fodidos.

– Eu devia ter lhe contado isso antes, mas não imaginei que as coisas iam por esse caminho.

– E agora?

– Preciso pensar.

Olavo foi até o escritório e voltou com um elástico amarrado no pulso.

– Você não a reconheceu, mas essa copeira deve ser aquela vagabunda que levou uns tapas nossos. Lembra?

– Essa não! Como eu poderia adivinhar que era ela?

– Pela reação dela, é bem provável.

– Pelo menos já sabemos onde essa piranha está.
– Mas de que adianta? Ela está mais protegida agora do que antes.
– É verdade, mas na casa do teu sogro não tem seguranças, não é?
– Ele nunca quis.
– A gente pode dar um jeito de tirar ela de lá quando o tal Herculano não estiver em casa. Você sabe se ele anda armado?
– Acho que não.
– Agora, a chapa esquentou. Temos que agir depressa.

No dia seguinte, Olavo recebeu Djalma em seu escritório e o colocou a par do incidente envolvendo Maurina e Cesar.

Concordaram que ela precisava sumir, mas, primeiro, tinham que tirá-la de lá. E, dessa vez, nada de exageros. Tinha que ser trabalho de profissional.

Assim que Djalma saiu, telefonou para Cesar.
– Já estou cuidando daquele assunto que discutimos ontem, mas vou precisar da sua ajuda.
– Claro! É só falar.

Durante o café da manhã, Angélica comentou com Patrícia que estava ansiosa para ver os resultados dos exames que Antônio tinha feito na semana anterior. Mantinha uma fé extrema na recuperação do marido que só esmorecia quando o via enfraquecido pelas sessões de quimioterapia, que o deixavam exaurido, tanto do ponto de vista físico como do emocional.

Patrícia tinha agendado, para o início da tarde, um encontro com o advogado que iria representá-la no processo do divórcio e sabia que esse seria o primeiro passo do novo caminho que sua vida tomaria dali em diante.

Angélica disse que deixaria Herculano à sua disposição durante todo o dia, já que não sabia quanto tempo a reunião iria durar.

Tinha resolvido buscar as netas na escola e levá-las para almoçar. Seria bom ter a companhia das meninas para espairecer um pouco, para esquecer, durante alguns instantes, a fase que estavam vivendo.

Quando Herculano deu a partida no carro, Patrícia perguntou a ele como estava Maurina.

Ele respondeu que ela estava melhor e que já tinha reassumido sua rotina de trabalho.

Ela continuava sem ter a menor ideia da ligação que havia entre ela e Cesar.

No trajeto em direção ao escritório do advogado, passaram pela região portuária do Rio de Janeiro, que tinha sido inteiramente renovada havia pouco tempo. Patrícia ficou encantada com os restaurantes, com os prédios modernos e com Boulevard Olímpico.

O dia estava ensolarado, e a temperatura mais amena, característica de julho, era um convite para dispensar o ar-condicionado e curtir a brisa que vinha da orla marítima.

Passou a maior parte do tempo ouvindo as músicas que tinha selecionado no Spotify, que iam do pop ao clássico.

Quando o carro estacionou em frente ao número 1 da avenida Rio Branco, onde ficava o escritório do advogado, Patrícia ainda ficou mais alguns instantes ouvindo *One Moment in Time*, na voz de Whitney Houston.

Quando saiu do carro, a voz dela ainda ecoava em sua mente: *When all of my dreams are a heart beat away.*

Chegando ao escritório do advogado, foi convidada a aguardar alguns instantes em uma sala da qual podia desfrutar de uma vista privilegiada do Museu do Amanhã.

Uma hora depois, Patrícia deixou o escritório com a sensação do dever cumprido. Tinha plena consciência de que não seria fácil, mas o processo de se separar de Cesar já estava em marcha e não tinha volta.

∞

Dois dias depois, Olavo, Cesar e Djalma marcaram um almoço em uma churrascaria no Aterro do Flamengo.

Precisavam traçar um plano para tirar Maurina de casa e dar um sumiço nela.

Sabiam que a ação teria que ser executada com cuidado, porque a segurança do condomínio era eficiente, os guardas eram bem treinados e estavam sempre preparados para reagir.

Mastigando um pedaço de picanha com a boca aberta, Olavo disse, olhando para Cesar:

– Estive pensando, temos que ter a ajuda de alguém de dentro da casa.

– Um dos empregados?

Olavo assentiu.

– O Lucas está na família há muito tempo e não vai topar. Teria que ser a cozinheira ou o jardineiro, aquele que parece um zumbi – disse Cesar.

Djalma interveio:

– O Lucas não é o copeiro, o funcionário mais antigo?

Cesar fez que sim.

– Então, ele deve ser a pessoa que sabe de tudo o que se passa na casa. Ele deve ter um ponto fraco, alguma coisa que possamos usar a nosso favor – ponderou Djalma.

– Só sei que ele é solteirão e mora com a mãe, que é velha pra cacete.

– Podemos levantar o endereço e deixar alguém tomando conta da velha enquanto ele facilita a entrada do nosso pessoal na casa. Dois homens bastam para fazer o serviço.

Olavo perguntou, demonstrando preocupação:

– Você está pensando em apagar a mulher lá mesmo?

– Claro que não. Tiramos ela de lá e depois damos um sumiço nela.

Ficou combinado que Djalma ficaria encarregado de levantar o endereço de Lucas. Como ele passava a semana toda na casa dos patrões, o plano seria executado na semana seguinte.

∽

Siqueira estava em sua mesa de trabalho, com o jornal aberto, lendo a matéria que falava sobre o ataque americano que matou um general iraniano, um dos homens mais importantes e poderosos do país.

– *Só falta estourar outra guerra mundial...*

Quando levantou o olhar, viu Herculano parado à sua frente.

– Desculpe vir aqui sem avisar, mas tenho um assunto importante para tratar com você.

Com um gesto, o policial convidou Herculano a se sentar.

Após um instante de hesitação, Herculano contou a Siqueira a cena que presenciara na casa dos patrões, envolvendo Maurina e Cesar.

– Não tenho dúvida de que o Dr. Cesar foi um dos homens que agrediram a Maurina.

– Você já conversou com ela? Ela confirmou?

– Ainda não. Preciso da sua ajuda. Imagina o que vai acontecer na família se a Maurina resolver enfrentar essa situação.

Siqueira coçou a cabeça.

– O Dr. Antônio está doente, a Dona Patrícia e o Dr. Cesar estão separados.

Tenho medo do que isso tudo possa causar.

O policial permanecia calado.

– Sem falar que o meu filho está para nascer.

Siqueira respirou fundo e disse:

– A primeira coisa a fazer é confirmar essa hipótese com a sua cunhada. A partir daí, vamos ver qual caminho tomar. Conversa com ela e vê se ela topa prestar queixa contra o Cesar.

Herculano olhava-o fixamente.

– E te digo mais. Tenho um bom palpite de quem foi o outro homem que agrediu a Maurina – disse, pensando em Olavo.

– Não sei se ela vai querer enfrentar essa situação. Esses caras têm poder, conhecem muita gente e a corda sempre arrebenta do lado mais fraco.

Siqueira coçou a cabeça.

– Não tiro a sua razão, mas isso tem que acabar. Esses caras são uns safados, se consideram acima do bem e do mal porque são ricos. Eles bateram na sua cunhada para valer. Ela podia ter morrido.

Herculano assentiu.

– Vou falar com ela.

Na segunda-feira seguinte, Lucas já estava pronto para sair da casa da vila onde morava havia mais de 40 anos na rua Venceslau, no Méier, que conseguiu pagar graça à ajuda de Antônio Magalhães, e só aguardava a chegada de Irene, uma das filhas de sua vizinha que cuidava de sua mãe durante a semana.

Dona Odete, mãe de Lucas, apesar dos oitenta e cinco anos de idade, era lúcida, tinha uma saúde geral razoavelmente boa, mas possuía uma visão muito reduzida, devido a uma degeneração da retina que afetava ambos os olhos. Como gostava muito de ler, valia-se da ajuda de um dispositivo que aumentava o tamanho das letras e as projetava em uma tela de computador. Assim, mesmo com esforço, conseguia ler o jornal diariamente e estava sempre entretida com algum livro. Espírita convicta, adorava romances que tratassem desse assunto. Quase não saía de casa, a não ser quando era convidada por uma sobrinha para assistir à prece dos sábados pela manhã no centro espírita Lar de Frei Luiz. Na sua fé, acreditava que "não cai uma folha de uma árvore se não for a vontade de Deus".

Para garantir que nada sairia errado, Djalma tinha confiado esse trabalho a gente da sua total confiança, os gêmeos Alcebíades e Alcides, que eram conhecidos como Bidinho e Cidão, apenas porque Alcides era um pouco mais alto.

Os dois homens aguardavam que Lucas saísse de casa para rendê-lo. Estavam em um Honda preto com vidros escuros, no lado oposto da calçada, acompanhados de Ubiratan, o Bira, colaborador antigo de Djalma, que seria o motorista. Um deles ficaria com dona Odete e o outro o acompanharia à casa da família Magalhães. Estavam estranhando a demora já que, pelas informações que receberam, o copeiro saía de casa pontualmente às 6h30 da manhã.

Quando a cuidadora chegou, com vinte minutos de atraso, Lucas se despediu da mãe com um beijo na testa, como de hábito, e saiu levando um guarda-chuva, sempre desconfiado de que o tempo poderia mudar.

Dona Odete surpreendeu-se quando, poucos minutos depois, ouviu o barulho da chave na fechadura.

– *Será que ele esqueceu alguma coisa?*

Vendo que o filho estava acompanhado de dois homens, não precisou enxergar melhor para se dar conta de que havia algo errado.

Lucas tentava se manter calmo, mas, ao tentar explicar à sua mãe que aqueles homens eram seus amigos e que um deles lhe faria companhia até que ele voltasse, começou a gaguejar e não conseguiu dizer nada.

Irene, que estava na cozinha fazendo um café, ao se deparar com a cena, ficou assustada e começou a chorar.

Nesse momento, Bidinho levantou a camisa e mostrou o revólver que carregava na cintura. Em seguida, fez sinal para que ela se sentasse ao lado de dona Odete e ficasse em silêncio, colocando o dedo indicador sobre os lábios.

Cidão disse ao copeiro que, chegando ao condomínio onde ficava a casa da família Magalhães, ele diria aos seguranças da guarita que os dois homens que o acompanhavam eram seus amigos e que tinham lhe dado uma carona. Lucas já era bastante conhecido dos guardas e não deveria haver problema. Em seguida, entrariam com ele pela entrada de serviço e ele chamaria Maurina.

Lucas alertou que eles poderiam ter problema com Herculano, o motorista da família, que era bom de briga e, ainda por cima, era cunhado de Maurina.

Cidão disse que o copeiro deveria saber como seria a rotina da casa naquela segunda-feira e perguntou qual seria um bom horário para fazer o serviço sem encontrar Herculano.

– Hoje é dia de quimioterapia. O patrão vai para o hospital com a patroa por volta das 7h30 e só deve voltar lá pelo meio-dia.

– E o motorista fica esperando?

– Em geral, fica. Dona Patrícia costuma deixar as meninas no colégio cedo e vai direto para o balé.

– Então, o ideal é a gente chegar lá logo depois que todos eles tiverem saído. E a mulher do motorista?

– Ela está grávida, mas ainda está trabalhando. Vai para Botafogo de metrô.

Lucas saiu sem dizer nada e, assim que entrou no Honda com Cidão, Bira deu a partida em direção ao Leblon.

O bandido explicou que o plano era fazer Maurina desmaiar, colocá-la no porta-malas do carro e sair de lá o mais rápido possível.

Lucas permanecia imóvel.

– É só fazer tudo direitinho e não bancar o esperto. Pensa na tua mãe.

∾

Naquela segunda-feira, Herculano tinha dormido mal. Teve um pesadelo, no qual estava em um bar com Altina e se meteu em uma confusão com dois homens, sem se lembrar de qual tinha sido o motivo. Talvez um deles tivesse se engraçado com ela. Herculano levantou-se da mesa e caminhou em direção a eles. Um deles puxou uma arma e, ato contínuo, disparou. Herculano sentiu o impacto do projétil contra seu peito e parou. Logo em seguida, um segundo tiro atingiu seu ombro esquerdo. Em uma fração de segundo, Herculano chegou à conclusão de que era melhor partir para o tudo ou nada do que aguardar a terceira bala. Foi para cima do agressor, conseguiu imobilizá-lo e, ao tentar desarmá-lo, a arma disparou mais uma vez. Em seguida, ouviu um grito de mulher. Correu em direção a Altina, caída no chão, mas, ao se aproximar, viu que se tratava de Maurina, que tinha o tórax ensanguentado.

Acordou com o coração disparado e não conseguiu pegar mais no sono.

Será que isso foi uma mensagem de que sua cunhada corria perigo?

Nem precisava. Ele já sabia disso.

Enquanto aguardava os patrões na recepção do hospital, recebeu uma mensagem de Angélica no celular, pedindo que ele fosse em casa pegar umas roupas para Antônio, que tinha vomitado e sujado sua roupa antes de começar a sessão.

Enquanto isso, Lucas chegava ao condomínio acompanhado por Cidão e Bira.

Não tiveram dificuldade em passar pela guarita, já que Lucas era bastante conhecido dos guardas e conseguiu disfarçar seu nervosismo.

Estacionaram o carro em frente à casa e Lucas tocou o interfone.

Aparecida, ao ver sua imagem na câmera de segurança, abriu o portão.

Nesse momento, Cidão se aproximou e entrou junto de Lucas.

Geraldo, o jardineiro, viu de longe quando os dois homens entraram e achou estranho que Lucas não tenha acenado para ele.

Ao vê-los entrando na cozinha, Aparecida levou um susto.

Cidão fez sinal para que ela se sentasse em uma cadeira, tirou uma corda da mochila e a amarrou com as mãos para trás. Aparecida estava apavorada demais para tentar qualquer reação.

Disse a Lucas para chamar o jardineiro e, quando Geraldo chegou, foi amarrado em outra cadeira, ficando de costas para Aparecida.

Em seguida, colocou um lenço e o frasco com clorofórmio em cima da mesa.

– Agora, chama a tua amiga – disse, referindo-se à Maurina.

O copeiro viu em uma das telas de monitoramento, localizada acima do interfone, que mostrava todos os cômodos da casa, que Maurina estava arrumando o quarto de Patrícia.

– Tá dando tudo certo até agora. Não vai fazer merda.

Lucas dirigiu-se ao andar superior e, instantes depois, voltou na companhia dela.

Quando os olhares de Maurina e Cidão se cruzaram, ela sentiu que estava em perigo. Correu em direção à sala de estar, mas foi logo alcançada por ele, que não teve dificuldade em dominá-la e jogá-la ao chão.

Virando-se para Lucas, ordenou a ele que fosse buscar o lenço e o frasco com clorofórmio que havia deixado na mesa da cozinha.

No instante em que Lucas lhe entregou o lenço encharcado com o medicamento, o olhar que Maurina lhe lançou era de grande decepção. Logo ele, tão solícito em orientá-la em relação às tarefas da casa, como poderia fazer isso com ela?

Lucas percebeu o que Maurina lhe disse através do olhar, mas logo viu sua face desaparecer sob o lenço, que a fez desmaiar.

Assim que Maurina não esboçou mais resistência, Cidão disse a Lucas que abrisse o portão. Em seguida, telefonou para Bira e avisou que estava na hora de ele entrar com o carro.

O motorista obedeceu imediatamente.

Quando Cidão se preparava para colocar Maurina no porta-malas, Herculano chegou, dirigindo o carro do patrão.

Ao ver sua cunhada naquela situação, Herculano não demorou a entender o que estava acontecendo.

Pego de surpresa, o bandido, atônito, olhou para Lucas.

O copeiro lhe disse que era o motorista do patrão.

Vendo que Cidão colocou Maurina no chão, Bira saiu do carro. Herculano fez o mesmo.

Apesar de ter sido instruído a ir desarmado, Cidão tinha uma pistola Beretta presa à perna direita, coberta pela calça. Esperava não ter que usá-la, já que eram dois contra um.

Os dois partiram para cima de Herculano com o intuito de agredi-lo.

Cidão tentou acertá-lo com um soco, mas a esquiva de Herculano fez com que ele perdesse o equilíbrio e quase caísse. Herculano aproveitou o momento e desferiu um chute na boca do estômago do bandido, que ficou sem respirar por alguns segundos.

Quando se virou, não teve tempo de se defender do soco de Bira e sentiu o impacto dos nós de seus dedos contra o seu rosto. Com a face sangrando e tendo que enfrentar dois oponentes, sabia que não poderia perder tempo.

Enquanto Cidão tentava recuperar o fôlego, agarrou Bira pela cintura e, quando ele tentou acertá-lo com uma joelhada, conseguiu derrubá-lo com uma queda usando o quadril como alavanca. Quando o corpo do motorista tocou o solo, Herculano já tinha encaixado uma chave de braço. Bastaram alguns instantes de pressão para que se ouvisse o estalo do osso se partindo, seguido por um grito agudo de dor do motorista.

Quando Herculano se virou para Cidão, viu que ele lhe apontava a pistola.

– Então é você o motorista bom de briga, não é?

Herculano permanecia calado, pressionando o ferimento do rosto na tentativa de fazer parar o sangramento.

Em seguida, Cidão disse para Lucas, que assistia à cena sem esboçar nenhuma reação:

– Ajuda ele a colocar essa piranha no porta-malas.

Maurina permanecia desacordada.

Herculano e Lucas pegaram Maurina pelos braços e pelas pernas e colocaram-na no porta-malas.

Herculano sabia que tinha que fazer alguma coisa rapidamente, porque o plano dos bandidos devia ser matar sua cunhada, mas Cidão o mantinha na mira da pistola o tempo todo.

Quando Lucas fechou o porta-malas, para surpresa geral, Geraldo, que conseguira desfazer o nó da corda que o mantinha preso, apareceu do nada e acertou a cabeça de Cidão com um cabo de vassoura.

Herculano aproveitou-se do instante em que o bandido olhou para trás para ver de onde vinha a agressão e tentou desarmá-lo.

Enquanto os dois lutavam, a arma disparou e atingiu, de raspão, o abdômen de Geraldo.

Herculano conseguiu se apoderar da arma e desferiu uma série de coronhadas na cabeça de Cidão, que desmaiou.

Lucas pediu a ele que parasse e informou que havia um terceiro bandido que mantinha a sua mãe como refém.

Herculano pediu a Lucas que conseguisse uma corda ou qualquer outra coisa com que pudesse amarrar Cidão, já que Bira, com o braço quebrado, não representava nenhuma ameaça naquele momento.

Telefonou para Siqueira e pediu que ele fosse ao encontro dele o mais depressa possível.

Enquanto isso, Lucas ligou para o Corpo de Bombeiros para pedir socorro para Geraldo.

Quando Siqueira chegou à casa da família Magalhães, 30 minutos depois, encontrou Cidão amarrado com as mãos para trás e Bira urrando de dor. Geraldo já tinha sido levado para o Hospital Miguel Couto.

Siqueira já havia solicitado reforço policial e, enquanto aguardava a chegada dos colegas, discutiu com Herculano qual seria a melhor conduta a tomar naquele momento.

Ficou decidido que Herculano voltaria ao hospital.

O próximo passo seria resgatar a mãe de Lucas.

∽

Enquanto Herculano fazia o caminho de volta ao hospital, Siqueira, acompanhado de Lucas e de mais três policiais de sua confiança, se dirigiu para a casa do copeiro.

Estacionaram o carro a trezentos metros da casa e estudaram a situação.

O quintal da casa dava para uma vila e não seria difícil um dos policiais pular o muro que separava as duas construções.

Essa tarefa coube ao policial mais jovem do grupo e ficou combinado que, logo que ele estivesse em condições de entrar pela porta dos fundos, enviaria um SMS a Siqueira e eles tentariam entrar pela porta da frente no mesmo instante.

Assim foi feito.

Como a porta dos fundos não estava trancada, Airton não teve dificuldade em dar ordem de prisão a Bidinho quando ele ouviu o barulho na porta da frente e se levantou para ver o que estava acontecendo.

Quando Lucas entrou em casa emocionado para ver sua mãe, dona Irene lhe disse com uma expressão serena:

– Eu sabia que tudo ia acabar bem. Durante todo esse tempo senti a presença de Deus aqui em casa.

– *Deve ser bom ter uma fé assim* – pensou ele ao abraçá-la.

Djalma foi o primeiro a saber que o plano para resgatar Maurina tinha dado errado.

Pensou em telefonar para Olavo, mas resolveu esperar um pouco.

Precisava ter uma ideia mais clara do rumo que as coisas tomariam dali em diante.

Cidão tinha sido levado para a 18ª Delegacia Policial, no Leblon, Bidinho estava na 26ª e DP, no Méier, e Bira estava no Hospital Miguel Couto, sob escolta policial, onde seria submetido a uma cirurgia para corrigir a fratura no braço. Dependendo dos depoimentos que dessem aos policiais, quando fossem interrogados, a chance de Olavo e Cesar serem afetados era grande.

Djalma, então, fez alguns contatos para tentar transferir Cidão e Bidinho para alguma outra delegacia, onde tivesse amigos que pudessem ajudá-los, mas se o próprio Siqueira cuidasse do caso, seria difícil.

Enquanto isso, na família Magalhães, o clima era de apreensão.

Ao chegar à casa, Antônio e Angélica pensaram que haviam sofrido uma tentativa de assalto.

Herculano disse que, logo que possível, o inspetor Siqueira conversaria com eles.

A preocupação do casal logo se voltou para o estado de saúde de Geraldo.

Antônio telefonou para um amigo que conhecia o diretor do Hospital Miguel Couto e, em pouco tempo, ficou sabendo que o jardineiro estava bem, já que o projétil não tinha atingido nenhum órgão vital.

No final da tarde, Siqueira telefonou para Herculano e disse que, depois do que havia acontecido, não havia nada a fazer senão contar a verdade a todos, mas, para isso, precisava estar certo de que Maurina testemunharia contra Cesar e, possivelmente, contra Olavo.

Herculano concordou. No ponto em que as coisas haviam chegado, não havia como recuar. Seu receio era que sua cunhada passasse a ser vista como uma ameaça para a família Magalhães e eles tivessem que deixar a casa.

Na manhã do dia seguinte, Siqueira foi recebido por Antônio e Angélica.

De maneira direta, o policial disse que os fatos indicavam que Maurina tinha sido agredida em uma festa com sexo e drogas e havia grande chance de que seu genro, Cesar Castellani, estivesse envolvido.

Ao ouvir isso, Angélica se lembrou do episódio em que Maurina deixou a bandeja cair ao se deparar com Cesar.

– Pobre da minha filha. Mais essa! – pensou Angélica.

Siqueira disse que Maurina estava disposta a testemunhar contra seus agressores e que, a partir daquele momento, o melhor a fazer seria evitar qualquer contato com Cesar.

Antônio e Angélica estavam cientes de que manter Maurina na casa deles representava uma ameaça, mas estavam dispostos a protegê-la e disseram ao policial que ele poderia contar com a colaboração deles.

Assim que Siqueira saiu, Angélica disse a Antônio:

– Sei que você não gosta desse assunto, mas, do jeito que as coisas estão, vamos precisar de segurança pessoal.

Antônio coçou a cabeça.

– Pensa bem, eles tiveram a audácia de invadir nossa casa! O Geraldo poderia estar morto agora.

– Vou telefonar para o Luigi – disse ele, referindo-se a um amigo, empresário do ramo de telecomunicações, que contratava os serviços de uma firma de segurança havia muitos anos, desde que seu filho caçula sofreu uma tentativa de assalto saindo do Túnel Rebouças e foi baleado.

– A gente não conhece mesmo as pessoas. Quem é o Cesar? Imagina o perigo que a Patrícia e as meninas estão correndo!

– Também não é assim. Ele nunca fez nada com elas.

– Não fez, mas pode fazer. Ele não presta. A Patrícia disse que já foi a um advogado para dar início ao processo de divórcio. Vamos correr com isso.

Antônio assentiu.

E vamos ajudar a Maurina no que pudermos. Se não fosse por ela, jamais saberíamos quem é o verdadeiro Cesar.

– Não esquece que ele é o pai das nossas netas.

– Eu sei, mas ele tem que responder pelo que fez.

Nesse mesmo dia, à tarde, Olavo recebeu Cesar e Djalma em seu escritório.

Djalma disse que já tinha oferecido uma boa gratificação aos capangas envolvidos na tentativa de sequestro de Maurina para ficarem de bico calado. Em relação a Cidão e Bidinho estava tranquilo, mas não podia dizer o mesmo em relação a Bira, que continuava hospitalizado após ter sido operado.

– E o que você quer dizer com isso? – perguntou Olavo dando um soco na mesa.

Djalma contou até três.

Olavo insistiu.

– Você não é pago para resolver essas merdas?

Cesar interveio.

– Calma, Olavo.

– Calma é o cacete! Estou cansado de lidar com incompetentes.

Djalma perdeu a paciência, levantou-se da cadeira, segurou o advogado pela gola da camisa e disse:

– Eu é que estou de saco cheio do jeito que você fala comigo, seu filho da puta. Vou cuidar do Bira, pode deixar, mas depois disso você vai se virar sozinho. Estou fora!

Em seguida, saiu da sala batendo a porta.

– Porra, Olavo. Você não pode falar assim com ele. A gente precisa desse cara – disse Cesar.

Olavo estava atônito. Não contava com aquela reação.

– Vou ligar para um amigo meu que é criminalista. Já vi que essa merda vai chegar na gente.

Na manhã seguinte, Maurina, acompanhada de Herculano, foi à delegacia prestar queixa contra Cesar e Olavo.

Embora usasse um vestido sem decote e pouca maquiagem, mais uma vez a beleza de suas formas chamaram a atenção de Siqueira e, dessa vez, ela notou.

Em seu depoimento, não soube dizer onde ficava a casa onde a festinha ocorreu nem quem eram os outros participantes, mas reconheceu Cesar e Olavo pelos retratos que lhe foram apresentados.

O delegado titular expediu um mandado de prisão contra eles, que Siqueira fez questão de cumprir pessoalmente.

Quando saíram da delegacia, já havia um segurança aguardando para ir no carro com eles e outro que os seguia em uma moto, ambos armados.

Na madrugada do dia seguinte, um carro com cinco homens estacionou um pouco depois da entrada do Hospital Miguel Couto.

Enquanto o motorista aguardava, os outros quatro entraram no hospital.

Um deles rendeu o policial que estava na entrada e os outros três resgataram Bira.

Toda a ação durou menos de três minutos.

Bira foi levado para a oficina que servia de escritório para Djalma onde foi friamente executado. Seu corpo foi transportado para um crematório clandestino e, pela manhã, já não havia nenhum vestígio dele.

Quanto a Cidão e a Bidinho, continuavam afirmando que o objetivo deles era assaltar a casa da família Magalhães e que resolveram levar Maurina porque queriam se aproveitar dela.

Em nenhum momento, mencionaram Djalma ou qualquer membro da Irmandade em seu depoimento.

∽

Um mês depois, o filho de Herculano, José, tinha nascido. Os pais lhe deram esse nome em homenagem ao bisavô, o seu Fagundes, sempre presente na lembrança de Herculano.

A família Magalhães já começava a ter uma nova rotina, mesmo tendo que conviver com a presença constante de seguranças e com o trauma dos acontecimentos recentes.

Antônio ainda tinha algumas sessões de quimioterapia e a fazer e, depois disso, só restava rezar para que não aparecesse nenhuma metástase.

Diante da negativa de Cesar em se divorciar de Patrícia, só restou a ela recorrer ao divórcio litigioso e o processo já tinha sido iniciado. A iminente condenação por ter agredido Maurina iria facilitar a decisão do juiz a seu favor.

∽

Djalma decidira entrar na polícia muito jovem.

De família humilde, pai operário e mãe empregada doméstica, achou que, sendo policial, poderia resgatar o tempo em que passou despercebido pela vida, e que seria, enfim, reconhecido como alguém que possuía algum poder.

E não se enganou.

Os primeiros anos como policial, especialmente depois do episódio em que, mesmo estando de folga, deu voz de prisão a dois bandidos que assaltavam um casal e baleou um deles, lhe deram uma certa notoriedade.

O fato chegou a ser noticiado na época e, durante muitos anos, Djalma gostava de olhar para o recorte do jornal que estampava a sua foto.

Sentia uma ponta de orgulho.

Mas fazia tempo que não o via.

Talvez estivesse perdido no meio de documentos antigos, quem sabe?

A verdade é que o passar dos anos fez com que ele se afastasse de seus ideais, acabando por se envolver com gente da pior espécie.

Tinha se especializado em resolver situações difíceis para delinquentes ricos, quase todas elas envolvendo algum tipo de crime.

O desentendimento que teve com Olavo fez com que ele fizesse um balanço da sua vida.

Já tinha passado dos sessenta anos, não conseguira formar uma família de verdade, não tinha amigos e estava cada dia mais cansado de ser babá de bandido.

A única parte realmente boa da sua vida era acompanhar a trajetória de um sobrinho, filho de seu único irmão que falecera, ainda jovem, em consequência de um tumor raro.

O rapaz cursava o sexto ano de uma Faculdade de Medicina particular no Rio de Janeiro e era ele quem pagava a mensalidade.

Uma vez por mês, almoçava com o sobrinho, o que lhe permitia escapar da sua rotina e vivenciar, ainda que por pouco tempo, os planos que o rapaz tinha após se formar.

Nessas ocasiões, dispensava seus capangas e deixava sua pistola .45 no porta-luvas do carro.

Não queria que Vitor o visse armado, já que pensava que ele ganhava dinheiro comprando e vendendo carros usados no interior do estado.

Melhor assim.

Em um sábado nublado, tinha acabado de almoçar com o sobrinho quando recebeu uma chamada no celular. Era Jardel Martins, que queria convencê-lo a voltar a se encontrar com Cesar e Olavo, que tinham sido beneficiados por *habeas corpus* e responderiam pela agressão contra Maurina em liberdade.

Djalma respirou fundo e acabou concordando, já que lhe devia muitos favores.

Dois dias depois, encontraram-se em um café em Copacabana.

Jardel disse a Djalma que as coisas estavam malparadas e que, provavelmente, eles seriam condenados. Era necessário dar um sumiço em Herculano e em Siqueira.

– Esses caras ferraram a gente. Acaba com eles – disse Olavo.

Djalma coçou a testa e, apoiando o rosto nas mãos, disse:

– Vocês estão querendo demais. Apagar o motorista ainda vai, mas matar um policial é outra coisa.

– A gente te paga bem. Pensa com carinho.

Mais uma vez, Djalma se sentiu no papel de empregado deles.

– Vou pensar.

Cesar entrou na conversa.

– Esses caras são os maiores responsáveis, mas todos que nos prejudicaram vão pagar, mesmo sendo da família.

– Como assim?

– Meu sogro não tinha nada que contratar esse motorista. Ele também fez merda.

Djalma teve vontade de dizer que eles é que fizeram a merda toda e que já estava mais do que na hora de assumirem a responsabilidade, mas, como de hábito, se calou.

Saiu do encontro pensando no plano que teria que ser executado para apagar Herculano e Siqueira. Em relação a Herculano, levando em conta que dirigia um carro blindado, bastava segui-lo

e aguardar uma oportunidade em que ele estivesse fora do carro, talvez quando ele parasse em um posto de gasolina.
Mas, em relação a Siqueira, o buraco era mais embaixo.
– Matar policial é mexer em casa de marimbondo – pensou.

༄

No dia seguinte, às 19 horas, Vitor, o sobrinho de Djalma, voltava para casa com sua namorada, Tania, sua colega de turma.

Tinham passado o dia na praia e se dirigiam para a casa dela quando decidiram parar em uma loja de conveniência, na rua Conde de Bonfim, para comprar cigarros para ela, que insistia em fumar, por mais que Vitor tentasse demovê-la desse hábito.

Quis o destino que Siqueira, que ia jantar na casa de um amigo que morava na Tijuca, parasse na mesma loja pelo mesmo motivo.

O policial entrou na loja e, como estava meio apertado, resolveu ir ao banheiro.

O breve tempo que levou para urinar foi suficiente para que uma moto parasse e um assaltante entrasse no posto armado.

Aproximou-se de Vitor, que aguardava o troco, encostou a arma em sua cabeça e disse ao funcionário que colocasse todo o dinheiro em cima do balcão.

O funcionário, que já tinha sido vítima de outros assaltos, obedeceu prontamente.

O que ninguém esperava era que Vitor, aproveitando uma distração do assaltante enquanto recolhia o dinheiro colocado em cima do balcão, tentasse desarmá-lo.

Quando Siqueira saiu do banheiro, testemunhou a cena dos dois homens lutando pela arma e, antes que pudesse fazer qualquer coisa, ouviu o barulho do tiro disparado e viu Vitor caindo no chão com a mão no peito.

O assaltante apontou a arma para o estudante de medicina, já caído, e apertou novamente o gatilho.

A arma picotou, tempo suficiente para que Siqueira, já tendo o bandido na mira da sua pistola, pudesse atingi-lo com dois tiros no tórax.

O assaltante que aguardava o comparsa na moto, ouvindo o barulho dos tiros, tratou de fugir imediatamente.

Siqueira aproximou-se de Vitor, bastante pálido, e examinou seu pulso, que estava muito fraco.

Com a ajuda do funcionário da loja, colocou-o no seu carro.

Tania, ao ver a cena, identificou-se como namorada dele e os três rumaram imediatamente para o Hospital Souza Aguiar.

∽

Assim que chegaram ao pronto-socorro, Siqueira se identificou como policial e informou à equipe de plantão que o caso era grave, já que Vitor tinha perdido muito sangue.

Ele foi, então, conduzido diretamente ao centro cirúrgico e, tendo sido constatado um choque hipovolêmico, Vitor foi imediatamente levado à sala de cirurgia.

Enquanto a cirurgia era realizada, Tania ligou para Djalma e lhe contou o que tinha acontecido.

Embora vivesse no crime e a violência fosse sua velha conhecida, quase uma amiga, o policial aposentado sentiu o chão faltar sob seus pés ao saber que a pessoa mais importante na sua geografia afetiva tinha sido atingida.

Sem falar com ninguém, pegou seu carro e dirigiu-se rapidamente ao hospital.

Ao chegar, encontrou a namorada do sobrinho chorando, sendo consolada pelos pais, que já tinham sido avisados por ela do ocorrido.

Entre soluços, Tania lhe disse que ainda não tinha recebido nenhuma informação da equipe médica e que a cirurgia ainda demoraria mais algumas horas.

Em seguida, apontou para Siqueira, que falava no celular, e disse que tinha sido ele o policial que salvou a vida de seu sobrinho.

Djalma aproximou-se dele, disse que era policial aposentado e estendeu a mão para cumprimentá-lo.

– Sou tio do rapaz que o senhor salvou. Djalma Lourenço, ao seu dispor.

– Muito prazer, Alberto Siqueira.

O breve instante que as duas mãos estendidas levaram para se encontrar foi suficiente para que a ficha caísse para Djalma.

– *Não é possível!* – pensou ele.

Siqueira era mais jovem e mais atlético do que ele imaginara.

Seu olhar e a força com que retribuiu seu cumprimento demonstravam a segurança de um homem decidido, que não era de se intimidar facilmente.

Siqueira disse a Djalma que, pela cena que presenciara, certamente Vitor tinha tentado desarmar o assaltante, o que é totalmente inadequado em uma situação dessas.

Djalma concordou, mas disse que, com a experiência que trazia do tempo em que trabalhou na polícia, chegara à conclusão de que nunca sabemos como vamos nos comportar nessas ocasiões.

– Às vezes, as pessoas mais pacatas têm as reações mais inesperadas – disse Djalma.

Siqueira assentiu.

– O senhor vê, meu sobrinho é estudante de medicina, nunca se meteu em briga ou em qualquer outro tipo de confusão e acabou arriscando a própria vida.

– Não precisa me chamar de senhor. O importante, agora, é que ele fique bom.

Nesse instante, o celular de Siqueira tocou e ele se afastou para atendê-lo.

O fato de ter socorrido Vitor mesmo não estando de serviço e a correção que Siqueira demonstrava na maneira de falar e de agir acordaram o Djalma idealista e motivado, iniciando a carreira na polícia.

Será que a vida estava lhe retribuindo, ao salvar seu sobrinho, o que ele fizera pelo casal que ajudara há tanto tempo?

Tomara.

Em relação ao mal que causara a tantas pessoas, se houvesse um preço, que ele pagasse sozinho.

Nesse momento, veio à sua mente a recordação de seu pai, que dizia que o mal que se faz nessa vida é pago aqui mesmo, nem que seja em um só dia.

Não tinha dúvida de que a sua dívida era grande. E tinha consciência de que teria que prestar contas pelos seus atos.

Era nisso que pensava quando Siqueira voltou e disse que seria necessário registrar um boletim de ocorrência, mas que isso poderia ser feito no dia seguinte.

Antes de sair, deixou se cartão com Djalma e disse que ele não hesitasse em contatá-lo, se fosse necessário.

Depois de quase cinco horas de cirurgia, o chefe da equipe saiu para conversar com Djalma e Tania e disse que a rapidez no atendimento foi decisiva para a sobrevivência de Vitor, levando em conta que a artéria pulmonar tinha sido atingida e pôde ser reparada.

Ele ficaria as primeiras 48 horas no centro de terapia intensiva e, logo que possível, iria para um quarto.

– Podemos considerar que ele nasceu de novo – afirmou o médico.

Dez dias depois, Olavo e Cesar foram novamente intimados a comparecer à delegacia por terem sido acusados de agressão por Maurina.

Os dois negaram o crime, mas Siqueira disse que o processo já estava correndo e logo eles seriam chamados à presença do juiz.

Quando saíram da delegacia, Olavo disse:

– Aquele Djalma é um merda. Tinha que ter apagado aquela vagabunda.

– Você acha que vamos ser condenados? – perguntou Cesar.

– Acho difícil. Será a palavra dela contra a nossa.

Desde que Vitor foi baleado, Djalma fez da sua recuperação a missão da sua vida. Pelo menos, naquele instante.

Duas semanas após a cirurgia, ele foi transferido para outro hospital, ao qual tinha direito graças ao plano de saúde pago pelo ex-policial e já tinha iniciado a fisioterapia.

Se tudo corresse bem, em um período de dois a três meses, poderia retomar a sua rotina.

Djalma tinha acabado de visitar o sobrinho e estava parado eu um sinal na avenida Nossa Senhora de Copacabana quando recebeu uma ligação de Jardel, que lhe disse que Olavo e Cesar queriam saber como estava o plano de eliminar Herculano e Siqueira.

Djalma respondeu que, depois do que acontecera ao sobrinho, tinha se descuidado das suas obrigações profissionais, mas que logo voltaria a cuidar desse assunto.

Nesse dia, tinha combinado sair com Marilda, uma cabeleireira vinte anos mais jovem, com quem já mantinha um relacionamento há três anos.

Jantaram em um restaurante alemão na Tijuca e foram para o apartamento de Djalma no Grajaú.

Mesmo tendo passado dos sessenta anos, o ex-policial mantinha uma vida sexual ativa, ainda que, para isso, precisasse usar medicamentos que o ajudassem na ereção.

Djalma não conseguiu chegar ao orgasmo e, notando que Marilda já tinha gozado, saiu de cima dela e acendeu um cigarro.

– Quer me comer por trás? – perguntou ela.

Djalma não disse nada.

Marilda, ainda sentindo seu membro rígido, tentou puxá-lo em direção a ela.

– Espera um pouco – disse ele.

– Cansou de mim?

– Claro que não!

– Eu percebi que você estava diferente, assim que entrei no seu carro. O que está havendo? Quer se abrir comigo?

Djalma continuava olhando para o teto.

Marilda levantou-se, foi até o banheiro, jogou um pouco de água no rosto e voltou enrolada em uma toalha.

Djalma continuava distraído.

Ela tentou puxar conversa.

– Sabe aonde eu vou depois de amanhã?

Djalma se limitou a olhar para ela.

– No centro espírita da minha tia. E ela vai receber a Vovó Alzira.

Dona Alcione, a tia de Marilda, era uma das três sobreviventes de um grupo de 30 mulheres que tiveram câncer de mama e foram selecionadas para testar um medicamento novo dez anos antes.

No caso dela, houve remissão completa do tumor.

Isso fez com que ela aprofundasse sua fé no espiritismo e passasse de frequentadora a médium no centro espírita onde costumava ir.

Os pais de Djalma eram católicos e ele chegara a fazer a primeira comunhão, mas, fazia muito tempo, perdera completamente o contato com qualquer religião.

Não era a primeira vez que Marilda falava na dona Alcione.

Nas outras vezes, o ex-policial não deu a menor importância, mas, dessa vez, sentiu-se animado a conhecê-la.

Quem sabe ela não poderia lhe dar algum conselho, alguma orientação?

∾

Dois dias depois, Djalma pegou Marilda no salão onde ela trabalhava, perto da Praça da Bandeira, às 18h30 e o casal rumou para a rua Camarista Méier, no Engenho de Dentro.

O centro espírita funcionava em uma casa de vila de dois andares, com um quintal grande nos fundos.

Havia cerca de 50 pessoas, quase todas com roupas brancas, e Djalma, que nunca tinha ido a um lugar assim, sentiu uma atmosfera diferente, mais leve.

Às sete horas, todos se deram as mãos para fazer a prece de abertura dos trabalhos e, em seguida, Djalma, acompanhado de Marilda, foi colocado em uma pequena sala onde ficavam as pessoas que iam se consultar com a Vovó Alzira.

Dona Alcione, usando uma túnica branca, era auxiliada por uma jovem que usava óculos com lentes grossas e tinha os cabelos compridos presos em um rabo de cavalo.

Djalma não parava de pensar no papel que Siqueira tivera no que ocorreu com Vitor, e Marilda notou que ele estava completamente distante naquele momento.

O beijo no rosto fez com que ele voltasse ao momento presente.

– Pensei que você fosse me apresentar à sua tia.

– Ela nunca fala com ninguém antes das sessões. A concentração para receber o espírito da Vovó Alzira começa quando ela sai de casa.

Djalma assentiu.

Após quase 40 minutos de espera, a jovem de óculos fez sinal para que Djalma entrasse.

– Você vem comigo?

Marilda balançou negativamente a cabeça.

– Não posso. A conversa é entre vocês dois.

Enquanto ia ao encontro da entidade, olhou para a camisa amarela que usava e pensou se não deveria ter vindo com uma camisa branca. Marilda só lhe tinha dito para não usar cor escura.

Antes de ficar a sós com Vovó Alzira, a moça de óculos borrifou em suas mãos uma essência de alfazema e fez sinal para que ele a passasse no rosto.

Djalma obedeceu.

Dona Alcione era uma mulher de setenta e cinco anos, de tez clara e olhos amendoados.

Estava sentada em uma cadeira com apoio para os braços e fez sinal para que o ex-policial se sentasse em frente a ela.

Quando os seus olhares se encontraram, Djalma teve a sensação de que estava diante de alguém que já conhecia e a familiaridade com que ela olhava para ele atestava isso.

Após um instante de silêncio, Vovó Alzira disse:

– Está numa encruzilhada, né, filho?

A voz era de uma pessoa muito idosa, com dificuldade para respirar.

Djalma fez que sim.

– Esse moço que entrou na sua vida agora é seu velho conhecido.

– O policial?

– O moço que tem uma marca igual à sua, só que no braço direito.

Instintivamente, Djalma levou a mão direita ao braço esquerdo, onde tinha um sinal de nascença arredondado. Chegou a pensar em removê-lo, mas o médico lhe disse que era uma lesão benigna e ele desistiu da ideia. Na verdade, até gostava daquela marca.

– A história de vocês vem de outras vidas. Já lutaram muitas batalhas juntos e sempre cuidaram um do outro.

Djalma a ouvia atentamente.

– Acho que é a primeira vez que vocês estão em lados opostos e o destino dele depende de você. O que você vai escolher, filho?

Vovó Alzira fechou os olhos e levou as mãos à testa, como se estivesse repetindo o que alguém lhe dizia:

– Nessa história tem um carma esperando para se cumprir.

– O que a senhora me aconselha?

– Não posso decidir por você, filho. Só posso dizer que ele já salvou sua vida em mais de uma ocasião e, não importa o que você fizer, a chance de vocês se reencontrarem é grande. Vocês pedem para voltar como guerreiros, né? – disse com uma expressão muito séria e balançando a cabeça.

Djalma não sabia o que dizer.

– Se você tá em dúvida, deixa eu te dizer uma coisa: as coisas que a gente viveu em outras vidas tá tudo guardado no coração. Faz o que ele mandar.

Vovó Alzira fez sinal para que ele se levantasse, segurou as mãos dele e rezou um Pai Nosso.

Estava encerrada a sessão.

Antes de sair, a moça de óculos voltou a borrifar a loção de alfazema em suas mãos.

– Vai com Deus.

Marilda veio ao encontro de Djalma e perguntou se ele queria esperar para falar com a tia dela.

Ele concordou.

Depois do que tinha ouvido, seria bom descansar um pouco.

Quando dona Alcione veio ao encontro do casal, já eram quase dez horas da noite.

Ao ser apresentado a ela, Djalma não sentiu a sensação de familiaridade que teve na presença de Vovó Alzira. Aquela senhora de olhar cansado e poucas palavras era, sem dúvida, outra pessoa.

Ela perguntou se ele tinha encontrado o que procurava. Djalma disse que sim, mas, na verdade, ao chegar ao centro espírita, não tinha ideia do que estava buscando.

∽

No dia seguinte, Djalma foi visitar Vitor no hospital. Assim que entrou no quarto, encontrou Siqueira conversando com o sobrinho.

– Ele está ótimo – disse o policial para Djalma.

Djalma assentiu.

– Graças a você.

– Esse rapaz tem uma missão nessa vida, que é ser médico e ajudar muita gente. Eu só dei uma mãozinha.

– Tem tempo para tomar um café?

– Claro.

Os dois homens desceram até a cantina do hospital. Siqueira pediu um expresso sem açúcar e Djalma um café com leite.

Siqueira perguntou se Djalma estava aposentado ou se ainda trabalhava.

Ele deu a resposta habitual, de que negociava carros usados.

Siqueira perguntou se ele sentia falta dos tempos em que era policial.

– Já faz muito tempo que me aposentei. Parece que foi em outra vida.

– Não sei o que faria se saísse da polícia. Não sei fazer outra coisa.

Nesse instante, o garçom, que carregava três cafés para outra mesa, escorregou, deixou a bandeja cair e entornou uma das xícaras no ombro direito de Siqueira, manchando sua camisa.

O policial levantou-se, pego de surpresa, ainda mais porque o café estava quente, e puxou a manga da camisa polo até o ombro, deixando à mostra um sinal igual ao que Djalma possuía, só que na parte interna do braço direito.

– *A vida é mesmo uma viagem* – pensou Djalma.

Como é que ele poderia dar cabo de Siqueira depois de ele ter salvado Vitor e sabendo o que a Vovó Alzira lhe dissera?

Porra, com tanto policial no Rio de Janeiro, tinha que ser exatamente Siqueira o responsável por seu sobrinho estar vivo?

Não podia ser por acaso. De jeito nenhum.

– Tenho um assunto para tratar com você – disse Djalma, com uma expressão séria.

Siqueira olhava-o fixamente, pego de surpresa.

– Sei que você está trabalhando em um caso de uma moça que foi agredida.

– Isso mesmo. Mas como é que você sabe?

– Conheço os caras que bateram nela. Você está correndo perigo.

– Você está falando dos caras que organizam as surubas?

– Isso mesmo, especialmente um advogado chamado Olavo e um riquinho chamado Cesar. Você conhece eles.

– Claro que conheço. São dois filhos da puta.

– Eles querem apagar você e um motorista chamado Herculano.

– E onde é que você entra nisso?

– Eu estava do lado deles. Agora, estou do seu.

– Como assim?

– É uma longa história. Desde que eu me aposentei, minha vida tem sido no crime. Na verdade, eu é que devia dar um jeito de apagar você e o motorista, mas, depois do que você fez pelo Vitor, não tenho como fazer isso.

Siqueira olhava para Djalma surpreso.

– Podemos trabalhar juntos para colocar esses caras na cadeia.

– Estou metido nisso até o pescoço. Se eu for preso, não vou sair nunca mais.

– Tenho contatos no alto escalão da polícia. Vamos pensar em um acordo que seja bom para você.

Djalma coçou a cabeça.

– Será?

– Vamos ver. Podemos bolar um plano para prender esses caras.

– Mas tem que ser rápido. Eles estão me pressionando.

– Quando você vai se encontrar com eles de novo?

– Ainda não marquei, mas eles querem para ontem.

– Passa na delegacia amanhã. Vamos te colocar um grampo e você vai gravar toda a conversa com eles.

Djalma demonstrava preocupação.

– Você fica grilado de ir à delegacia?

– De jeito nenhum. Todo mundo sabe que ainda tenho contatos na polícia.

– Às oito horas da manhã?

– Fechado.

No mesmo dia, à tarde, Djalma telefonou para Jardel e disse que estava finalizando o plano para dar cabo de Siqueira e Herculano. Restava, apenas, confirmar algumas informações para que fosse possível pegar os dois.

No dia seguinte, Djalma se encontrou com Siqueira e mais três membros da sua equipe. Ficou combinado que o ex-policial usaria um microfone embaixo da camisa e eles ficariam em uma van próxima ao local onde seria marcado o próximo encontro, de modo que toda a conversa fosse gravada.

No dia seguinte, Djalma encontrou-se com Marilda.

Foram jantar em um restaurante antigo, na rua dos Artistas, perto do Maracanã, que servia um arroz de camarão que era o prato preferido dela.

Assim que o garçom os serviu, Djalma disse, após pousar o copo de chope na mesa:

– Minha vida vai mudar. Acho que vou ter que sair do Rio. Sei que não tenho direito de te pedir isso, mas quer vir comigo?

Djalma estava certo. Embora estivessem juntos há algum tempo, ele nunca dera a entender que o relacionamento deles pudesse se tornar mais sério.

Marilda nunca fora apaixonada por Djalma e sabia que ele escondia um lado sombrio, misterioso, que poderia estar ligado a alguma atividade ilícita, mas se sentia bem na companhia dele e gostava do jeito que ele transava com ela. Talvez pelo fato de ele ser bem-dotado, sentia-se totalmente submissa e isso a excitava.

Para quem já tinha passado por relacionamentos abusivos, o mais recente envolvendo violência física, foi uma sorte encontrar alguém como Djalma.

Pelo jeito com que Marilda o abraçou, o ex-policial percebeu que ela o acompanharia.

※

O encontro com Olavo e Cesar ocorreu em uma churrascaria na Barra da Tijuca.

Instruído por Siqueira e usando um microfone escondido sob a camisa, Djalma esticou um pouco a conversa para que ficasse clara a intenção de matar Herculano e Siqueira.

– Estive pensando se não haveria outra maneira de resolver essa situação. Será que a gente precisa apagar esses caras? – perguntou ele.

– Tá de sacanagem? Não tem outro jeito. Esses caras têm que sumir – reagiu Olavo.

– Por mim, ainda podia colocar o meu sogro nessa parada – disse Cesar.

– Não vamos exagerar. Deixa o velho quieto – disse Olavo.

– De quanto tempo você vai precisar para concluir essa operação?

– Três semanas, no máximo.

– Ainda não falamos sobre valores.

– Deixa eu ver quantas pessoas eu vou precisar usar, mas posso te dizer que não será barato – disse Djalma.

– Foda-se. O importante é tirar esses caras do nosso caminho – disse Cesar.

– E tudo isso por causa de uma vagabunda, isso é que me deixa mais puto – disse Olavo.

– Falando nisso, alguma notícia dela?

– Ela está sendo vigiada dia e noite. O filho da puta do meu sogro contratou uma firma de segurança – disse Cesar.

– Tirando o policial e o motorista do caminhão, ela não pode nos atingir – disse Olavo.

– Então, Djalma, dá um jeito de apressar essa operação. Acaba logo com eles – disse Olavo.

Djalma quase perdeu a calma. Se ele ainda tinha alguma dúvida se havia tomado a decisão certa quando decidiu ajudar

Siqueira, ela se dissipou naquele instante. Não dava mais para aguentar aqueles caras. O pote já estava cheio.

– Deixa comigo – disse ele, conseguindo se controlar.

∽

Siqueira ficou contente com o desempenho de Djalma.

Com base sobretudo nas gravações feitas, uma semana depois, os mandados de prisão contra Olavo e Cesar foram expedidos e os dois foram detidos, sem direito a *habeas corpus*.

Pegos de surpresa, não tinham a mais remota ideia de como a polícia conseguiu reunir provas contra eles.

Quando os policiais chegaram à casa de Olavo, às sete horas da manhã, ele os recebeu com desfaçatez de sempre, confiante na impunidade que costuma ser a regra no Brasil.

Já Cesar, ao ser algemado, começou a chorar, talvez por ter se dado conta, naquele momento, que o fato de não ter curso superior poderia lhe trazer muitos dissabores na prisão.

Os advogados encarregados de defendê-los ficaram sabendo que haveria uma outra testemunha forte contra eles, além de Maurina.

A saída de circulação de Djalma confirmou as suspeitas de Jardel e dos demais membros da Irmandade, de que o ex-policial decidira colaborar com a polícia.

Djalma entrou em um programa de delação premiada que lhe garantia proteção e, até mesmo, mudança de identidade.

Siqueira acionou seu padrinho na alta cúpula da polícia e, por intermédio dele, Olavo e Cesar foram julgados e condenados seis meses depois de terem sido presos.

Nesse período, Patrícia conseguiu se divorciar de Cesar e começou a namorar o advogado que havia contratado para defender seus interesses.

Siqueira e Maurina aproximaram-se e, em poucos meses, decidiram morar juntos.

Herculano, Altina e José continuaram morando com os Magalhães e, cada vez mais, se sentiam parte da família.

Antônio se afeiçoou muito à criança e a presença dela trouxe-lhe uma alegria que era notada, especialmente, por Angélica e por Patrícia.

Geraldo reassumiu suas funções como jardineiro e, aos olhos de Aparecida, passou a ser visto como um herói. Desde que teve alta do hospital, bastava pensar em algum prato ou alguma sobremesa que estivesse com vontade de comer e ela se desdobrava para satisfazê-lo.

Muito constrangido por ter participado da invasão à casa dos patrões, Lucas chegou a pedir demissão, que não foi aceita por Angélica e por Antônio que entenderam que ele não poderia ter agido de maneira diferente, tendo a própria mãe ameaçada.

# Epílogo

Como passou a ocorrer com certa frequência, Herculano e Siqueira se encontraram na academia de jiu-jítsu que o policial frequentava para treinar. Era um sábado e fazia calor no Rio de Janeiro.

No centro do tatame, Siqueira disse a Herculano:

– A gente se conhece há pouco tempo, mas já passamos por muitas coisas juntos.

Herculano assentiu.

– Às vezes, eu me lembro que nós dois poderíamos ter sido mortos. Faltou pouco.

– É verdade. Foi o Djalma que nos salvou.

Siqueira lembrou-se do sinal de nascença idêntico que ambos possuíam e sorriu.

– Você tem notícias dele? – perguntou Herculano.

– Não tenho, o que é bom. Tenho muito medo de que descubram onde ele está e queiram se vingar. Ele pisou no calo de gente muita perigosa.

– E isso pode acontecer?

– Claro que pode. Não falta quem queira ganhar uma grana vendendo uma informação dessas.

– Será que ele está bem?

– Acho que sim. A namorada resolveu acompanhá-lo nessa nova fase. Isso sempre ajuda. Começar uma vida nova na idade dele sozinho seria bem mais difícil.

– É verdade.

– Pronto para treinar? – disse Siqueira, segurando a gola do quimono de Herculano.

– Sempre. Se há uma coisa que aprendi nessa vida, é que sem luta não se vive – respondeu ele, preparando a defesa.

https://www.facebook.com/GryphusEditora/

twitter.com/gryphuseditora

www.bloggryphus.blogspot.com

www.gryphus.com.br

Este livro foi diagramado utilizando a fonte Minion Pro
e impresso pela Gráfica Vozes, em papel polen bold 90 g/m²
e a capa em papel cartão supremo 250 g/m².